光文社文庫

文庫書下ろし

ぶたぶたラジオ

矢崎存美《ありみ》

光　文　社

この作品は光文社文庫のために書下ろされました。

目次

ぶたぶたにきいてみよう

1

久世遼太郎《くぜりようたろう》は、東京のAMラジオ局で、『あさエネ！』という朝七時から九時半までの帯《おび》番組をやっている。「朝からエネルギーチャージ！」というのが決めゼリフで、リスナーからはまあまあの支持をいただいている。

今日は来たる改編期《かいへんき》のリニューアル企画の会議だ。ほとんど変わりはないのだが、次の改編期に木曜日九時台のレギュラーゲストが本人の都合で卒業となってしまうので、主にそれを話し合う。早ければ早いほどいいのだけれど、今日は二回目だ。前回は結局決まらなかった。みんなに少し焦《あせ》りが見られる。

「新しいゲストと企画の候補《こうほ》をいくつかまとめてきました」

ディレクターの高根沢成夢《たかねざわなるむ》の仕切りで会議が始まる。プロデューサーの関訓正《せきくにまさ》や高根沢が出した候補の他、スタッフから幅広く意見が出されている。もちろん、久世も出している。

「久世さんの候補は前回と同じですね」

木曜日パートナーの吉川明日美《よしかわあすみ》がたずねる。元テレビ局の人気女子アナウンサーで、現在はフリーとしてだけでなく、タレントとしても活躍している。

そうだ。前の会議の時に撃沈《げきちん》したけれど、やっぱりこの人しかいないと思う。

「名前、やっぱり変わってますねえ」

とみんなが口々に言う。そう。名前はとても変わっている。山崎《やまざき》ぶたぶたという。

彼は、「FMすずらん」というコミュニティFMに出ている人で、午後一時から四時までの帯番組『午後のほっとカフェ』の水曜日のレギュラーゲストだ。書店が本業だそうなので、本の紹介コーナー『昼下がりの読書録《ろく》』を担当している。久世はそれをいつも楽しみにしている。

この人はとにかく声がいい。歳はおそらく、自分と同じ四十代半《なか》ばか後半か——浮《うわ》ついている自分と比べても、頭の中には渋い中年男性しか浮かばない。

前回の会議では、この人にやってもらいたい企画というのがこれしか浮かばなかった。

「悩み相談ですか……」

関や高根沢だけでなく、他のスタッフも「またか」という顔になった。企画としては平凡だ。それは久世もわかっている。他の企画も考えた。でもどれもしっくりこなかったのだ。

想像どおり、リアクションは薄かった。一人だけ、

「どういう方なんですか？　ＦＭの番組でそういうことされてるんですか？」

と訊《き》いてくれたのは、明日美だけだった。久世は喜んで説明をする。

「本の紹介がメインだから、たまに時間があるとリスナーのメールに助言するくらいなんだけど、それが的確な上に着眼点《ちゃくがんてん》がちょっと変わってるんですよ」

とはいえ、今メディアの悩み相談に乗っているような人は、みんなこんな感じなんだと思う。

「その人の特徴というのはなんですか？」

つまりどこが他の人と違うのか？　というのは、明日美もスタッフも知りたいのは当然だろうが、

「声がよくて、優しそうで、説得力がありそうで――」

という美点はいろいろ出てくるけれど、それだけでないあの人の語り口を説明するのは難しい。とても楽しくて明るくて頭のいい人だが、飛び抜けた個性がないようにも聞

こえてしまいそう。

でも、それだけじゃないのだ。

「なんか違うんですよ」

それしか言えない自分がもどかしい。本人に会えばきっと説得力も出るんだろうが、何しろ前の日に思いついたことなのだ。ラジオはずっと聞いていたのだが。

「何かもっと特徴的な企画があればいいけど、ただの悩み相談ではねえ」

関プロデューサーのこのような反応は想定内ではあった。企画かゲスト本人かに何かしら売りや特徴がないと、なかなか難しいとは考えていたのだ。

しかし、まだ時間はある。他の候補も印象は似たりよったりだったし、前回は結局決まらなかったから、今回は企画の方を練《ね》ってきた。どうしても悩み相談の域《いき》から出られなかったのが残念なのだが、それは自分が彼に悩みを相談したかった、という気持ちと関係がないとは言えない。

ない頭を絞《しぼ》って考えてきた企画を発表しようとした時、明日美が思いがけないことを言い出した。

「その山崎ぶたぶたさん、わたしもお呼びしていいんじゃないかと思うんです」

意外な助《すけ》っ人《と》に驚《おどろ》く。

「わたし、ラジオ聞いてみたんです」

「そうなの？」

前の会議のあと放送は二回しかやっていないけれど。しかも、悩み相談らしきものをしてはいなかった。いつもと同じに本を紹介していただけだ。

「すごく優しいいい声で、説得力がある気がしました。話している内容も面白いし、こういう人に話を聞いてもらいたいな、と思ったんです」

前回久世が言ったこととほとんど変わらないことを言うが、なんとなく雰囲気が違う。特に関プロデューサーの態度が。

「女性受けしそう？」

明日美はうなずく。

「すごく人気出ると思いますよ」

女性受け、という言葉に、関は弱い。おじさんであることがことさら気になる年代、とは本人の弁《べん》だ。久世よりちょっと年上なだけなのに。

「しかもその人、『自分はぬいぐるみである』って設定で話してるんですけど、全然自然なんです」

そうなのだ。かなり不思議な設定でしゃべっているが、本人だけでなく周りもちゃんと合わせている。

「作ってる感じがしなくて、でもとてもかわいらしく聞こえるんですよ」

声はおっさんだけどな！

「ゆるキャラが実際にいるみたいなんです」

明日美はそう言うと、関ににっこり笑いかけた。すると彼は、デレデレな顔になる。

「なるほど、それは面白そうですね」

久世が話した時は関心薄かったのに、何その掌《てのひら》返しは。とはいえ、関が「女性受け」という言葉の他に明日美にも弱いということはわかっていたし、それで山崎ぶたぶたを起用できるかもしれない、というのはめでたい。いっしょうけんめい企画を考えてはきたが、はっきり言って自信がなかった。彼にはシンプルな企画な方がいい、と思っていたから、結果オーライだ。

会議のあと、明日美に、

「ラジオ、聞いたんだ？」

と話しかけてみた。

「はい、本の紹介コーナー、面白いですね」

明日美は仕事熱心で、とてもクレバーなアナウンサーだ。会社に馴染《なじ》めずフリーになったが、今の方が生き生きしている。いろいろな仕事にチャレンジしたいらしい。

「聞いてるうちに、わたしが悩みを聞いてもらいたいって思っちゃったんですよね」

みんな考えることは同じなんだな。

「それはぜひ聞いてもらいなよ」

「でも、ここに呼べなきゃダメじゃないですか」

「それもそうか」

久世はもうすっかり呼べる気になっていた。いや、レギュラーは無理でも、一度くらいはなんとかなるんじゃないかな？

2

後日、放送が終わってから、久世はディレクターの高根沢と一緒に、山崎ぶたぶたが経営している書店を訪ねた。

電話連絡は高根沢が入れてくれていた。彼も『昼下がりの読書録』を実際に聞いてみて、少し興味を持ってくれていた。しかし、それでも「悩み相談」という企画には懐疑《かいぎ》的《てき》だ。実際に会って話してみて、何か別の企画を考えたいらしい。

山崎氏はこちらの番組『久世遼太郎のあさエネ!』は知っていたが、ほとんど聞いたことはないのだそうだ。なぜなら、店で流す場合は自分も出演しているコミュニティFMを選んでしまうから。

まあ、そうだよな。それに午前中は忙しいだろうし。

「午後から夕方は比較的《ひかくてき》ヒマですので、いつでもいらしていただいてかまいません」

ということで、曜日だけ指定して訪《たず》ねる、というゆるい約束を交わしておいたのだ。

お目当ての書店はすぐに見つかった。商店街のほぼ真ん中にある。書店というより、黒とダークブラウンを基調《きちょう》とした渋いカフェのようなたたずまいで、ディスプレイもおしゃれだった。看板には「ブックス・カフェやまざき」とある。今流行《はや》りのブックカフェというやつか。

店に入ると、レジカウンターに女性が一人座っていた。

「いらっしゃいませー」

「すみません、お約束していた高根沢という者ですが──」

「あ、はい、聞いてます。もうすぐ山崎は戻ってきますので、奥のカフェスペースでお待ちいただけますか？」

席をはずしているかもしれないが、待っていてほしいとあらかじめ言われていた。

「あ、じゃあ、飲み物注文しますね」

「ありがとうございます」

メニューは飲み物のみだが、いろいろあって迷う。高根沢はゆず茶、久世はコーヒーを注文する。

奥のカフェスペースは思ったよりも立派で、ちょっと驚いた。突き当たりに大きな窓があり、その下は半地下になっていた。そこに大きな一枚板のテーブルが置いてある。そこへ降りる階段が、まるで客席のように三方を囲んでいる。

「テーブルでもいいですし、階段に座ってもかまいませんよ」

壁には、次回イベントを告知するポスターが貼ってあった。有名な小説家のトークショーが行われるらしい。階段は、本当に客席として機能しているんだな。

久世と高根沢は、テーブルに並んで座る。他に客はいない。店内を見ている人や、本と一緒に飲み物を買って帰る人はいた。

本も見たいけど、その間に帰ってくると悪いな、と思いながらしばらく待っていると、

「ただいまー」

と入口の方から声がする。女性が「おかえりなさい」と言ったので、店主が帰ってきたな、と久世は振り返る。

「うわ」

同時に振り向いたらしい高根沢の声が後ろから聞こえる。

「すげー、よく動いてる」

店内を歩くぬいぐるみがいたのだ。薄いピンク色のぶたで、バレーボールくらいの大

きさ。突き出た鼻、黒ビーズの目。大きな耳の右側がそっくり返っている。

「よくできてますねえ」

「うん」

まるで生きているように店の中を歩き回っている。きょろきょろする仕草も自然だ。ラジコンなのか、ロボットなのか。売ってるのかな。売ってるなら、ちょっとほしいと思ってしまった。そのまま二足歩行でカフェスペースまでやってきた。階段もうまく降りる。転びそうで転ばない。すごいな。

そして、いつの間にか久世と高根沢の前まで来て、ぴたりと立ち止まる。

「すみません、お待たせしました」

んん？　スピーカー内蔵《ないぞう》？　鼻がちょっと動いた気がしたが、ちゃんと連動してるの？

「え？　あれ？」

高根沢が、後ろで変な声をあげている。なんなの——と思った瞬間、気づいた。

今の声って、聞いたことがある。まさか——山崎ぶたぶたさんの声じゃないか？

「え、あの、山崎さん？　山崎ぶたぶたさんですか？」

名前を言った瞬間、その姿になんてぴったりなんだろう、と悟《さと》った。ラジオで聞いていると単なるペンネームくらいにしか考えていなかったのだが。

いや、そうじゃない。これは単なるデバイスだ。本体はきっと別の場所にあるはず。そこから声を出しているのだ。そうに決まっている。だが、そう思ったとたんに覚えたこの違和感《いわかん》はなんだろう。

「はい、わたしが山崎ぶたぶたです」

当然そのように返事が返ってくる。

「あの、わたし──」

と言いながら、番組の名刺を出す。

「『久世遼太郎のあさエネ！』というラジオ番組をやっている久世という者なんですが──」

「はい、お電話されたのは──？」

「ぼ、僕です！」

後ろから高根沢が我に返ったような声を出す。

「ディレクターの高根沢成夢といいます」

「パーソナリティの久世です」

なんとぬいぐるみも名刺をくれた。本人のではなく、このブックカフェのだが。いつの間に——どうやって持ってたの？　っていうか、どうやって持ってるの？　濃いピンクの布が張ってあるひづめみたいな手（？）の先に載っているとしか見えない。

「個人のはないんです、すみません」

手（？）に名刺二枚が並んで密着している。

「いえいえ」

とは言ったものの、いつまでこのぬいぐるみ相手に話さねばならないのか。いや、それにしてもこの違和感はなんだ。ぬいぐるみを通して会話をしていれば、そりゃ変に思うのは当たり前だろうが。

でも、なんだか違うのだ。とにかく違う。しかし、わからない。これはいったい何の違和感なんだ——。

「今、ここでお話しするのでもかまいませんか？　他の方にお話を聞かれたくないようでしたら、奥の事務所にご案内しますよ」

この気のつかい方、とてもぬいぐるみとは思えない。

「いえ、山崎さんがよろしいのなら、ここで」

高根沢が言う。今は他のお客さんはカフェスペースにいないし。

「そうですか。では、失礼して座らせていただきますね」

そう言うなり、ぬいぐるみはぴょん！　と飛び上がって、隣の椅子《いす》の上に立ち、すとんと座った。うわ、すごい機動力。しかも動きが柔《やわ》らかい。なんてなめらかなんだろう。大した技術だな。

並んで座っているので、結局三人で椅子を突き合わせるようにして話す。子供部屋にいるようなビジュアルだった。

「さっそくですが、ラジオの出演ってことですよね」

やっぱり鼻の先がもくもく動いている！　すごい。

「はい、少し朝早いんですが、九時ちょうどのコーナーに出ていただけたら、と思ってます。曜日は木曜です」

高根沢が説明する。冷静だな、こいつ。

「どんなコーナーなんですか？」

「こちらとしては悩み相談をしていただきたいんですが」

「悩み相談？　僕がですか？」

ぬいぐるみ越しでは、表情が見えない……。この返事では感触いいのか悪いのか、さっぱりわからない。あっ、奥で話を聞けばよかったのかもしれない。そこなら素顔《すがお》というか、直接話もできたんだろう。しくじったー。

「そんな器《うつわ》ではないですよ」

これも謙遜《けんそん》しているのか、それとも本音なのか。やっぱり面と向かって話をしないとわからない。どうしよう。やはり奥へ行きたいと言うべきだろうか。顔を見せたくないから、こんなことしてるのかな。だから、ラジオをやっているのかも——。

その時、突然気がついた。なんだかぬいぐるみの顔が、困っているように見える。そんなはずないのに。言葉の内容からそう感じているだけだ。そうに違いない。

「お仕事はお忙しいですか？」

高根沢が言う。

「時間は大丈夫なんですけどね」

渋っている、というのもよくわかる。なぜ？　ぬいぐるみに表情を持たせる、というのものすごい技術だと思う。さっき抱いた違和感というのは、そこら辺に関してだろうか？「不気味《ぶきみ》の谷」とかいうやつ？　いや、違う？　はっきり言ってよくわかっていない……。

でも、久世の中ではわかっていた。違和感はぬいぐるみの顔や表情じゃなく、別のところに感じている。それは何？

「何しろ相談を受けるのが僕でいいのかっていう――」

ああっ！

もう少しで久世は大声をあげるところだった。それくらい、気づいた時には愕然《がくぜん》としてしまった。

ぬいぐるみの声が、どう聞いてもスピーカーやマイクを通した声ではないのだ。職業柄、そういう音の聞き分けは得意だ。得意なはず。あ、一瞬自信をなくした。でも、たいてい聞き分けられるはず！

でもそしたら、このぬいぐるみの声――というか、スピーカーから出ていると思っていた音は、ぬいぐるみの肉声ということになる。

ぬいぐるみの肉声？　えええ……それって、どういうこと？

久世は思い切り混乱していた。

ということは、まさかこのぬいぐるみはロボットの類《たぐい》ではなく、本当に生きて動いている？　声も出している？

そんなバカな。ありえる？　そんなこと……。

「いや、山崎さんが相談に答えるっていうのは面白いと思いますよ」

高根沢が話を続けていた。久世はそれをぼんやりと聞いている。

「それはこの見た目でお悩みに答えるという面白さってことですか？」

この見た目——遠回しだが、そういうことは自覚しているのか。

「違います！　だってラジオですから！」

そりゃそうだ。

「テレビにご出演されたいのでしたら、ご紹介しますが」

何言ってんだ、と人ごとのように思う。

「いや、テレビはちょっとご勘弁《かんべん》ください」

「そうですか……」

高根沢の声は、ちょっと落胆《らくたん》していた。どうして!?

しかし、すぐに立ち直ったようだ。

「実際にお会いして、やっと謎が解けたって思ったんですよ」

「謎?」

「『午後のほっとカフェ』でお話ししているのを聞いて、なんとなく感じていたズレみたいなものが」

ああ、なるほど。それは久世もあった。それが面白いと思ったところなのだが。

「それは、山崎さんがぬいぐるみだったからなんですね」

——なんと。高根沢はこのぬいぐるみのことをもう受け入れているのか。なんという柔軟《じゅうなん》さだ。久世はまだショック冷《さ》めやらぬというのに。これも若さなのか?

「まあ、それはぬいぐるみなので、仕方ないところですよね」

そしてこのぬいぐるみも、自分のことをぬいぐるみと真っ向から肯定《こうてい》するわけか。くらくらしてきた。

「いやっ、悪いわけじゃないです! そこがすごくいい!」

「そうですかねえ」

ぬいぐるみはあくまでも謙遜していうようだ。顔のシワが深くなる。

「悩み相談というのは、やっぱり誰に相談するか、なんだと思うんです」

高根沢はさらに言う。こいつ、こんな饒舌《じょうぜつ》だったっけ？

「僕は、山崎さんのぬいぐるみであることによるズレが、他の人にとって別視点を示してくれる期待になると思うんです」

熱を帯びた口調《くちょう》で、なんかすごくいいこと言ってるー！

「期待をされても困るのですが……」

「いや、山崎さんはそのままでいいんです。リスナーがそう感じるってことです。言うなれば勝手に」

ぬいぐるみは、鼻をぷにぷに押していた。表情はまるで熟考《じゅっこう》しているようだった。点目なのに。

「ここはカフェでもあるので、割とお客さんと話をします。面と向かって悩み事を聞くのはあまり抵抗《ていこう》ないんです。どういう意図で相談してくるのか顔を見ればだいたいわかりますし。たいていは『聞いてもらいたい』とか『ただ言いたい』だけですよね？　中には深刻なものもありますけど、そういう時はちゃんとした人を紹介することもありますし」

うんうん、と高根沢はうなずく。

「でも、ラジオのリスナーさんだと顔が見えなくて、ちょっと不安です。偉《えら》そうにアドバイスして、そのとおりにしてうまくいかなかったら、と思ったり。そんなこと考えるのも自意識過剰《かじょう》だとわかってるんですけど、気にはなります」

言葉を選ぶようにして、そんなことをぬいぐるみは言う。だからっ、どうしてそんなことわかるの、俺⁉

「でも、リスナーさんもそれはわかっているはずですよ。ラジオで、顔が見えない人だからこそ言えるし、冷静に聞けるというのもあるはずです」

「そうですかねえ。今のラジオでもたまに真似事みたいなのをやるんですが、なんかこう……モヤモヤしちゃうんですよね」

小さな手をぐわっと伸ばして（全然伸びてないけど）、細かく震わせる。おそらく「モヤモヤ」を表現するための動作であろう。不思議と伝わる。

「あまり人に言えない悩みでも、聞いてくれそう、答えてくれそうと思うのが、ぶっちゃけ人気の悩み相談なんだと思うんです。山崎さんの声には、そういうトリガーがあるように思えるんですよね。言ってしまえば、けったいな悩みであっても、という――」

それは暗に「お前以上にけったいな存在などない」と言っていることにならないだろ

うか、高根沢。

しかしぬいぐるみは特に気にする様子はなく、

「そうですかねえ……」

と言う。そして、今度は小さな手を身体の前でぎゅっと交差させる。これは多分、腕を組んでいるのだろう。身体にシワが寄る。目間のシワはさらに深くなった。

「不安でしたら、予行練習などしてみますか？」

ん？

「それはどういうことですか？」

俺こそそう訊きたい。

「リスナーのメールを元に相談に乗るわけですから、そういう体《てい》を今やってみるとか」

「今ですか？」

確かにいきなりすぎるだろ。

「スタッフで悩んでいる者がいるので、それを元にメールを起こします。電話生相談もやりたいと思っているのですが、それは追々《おいおい》」

すっごくベタな企画になりつつあるが、それを渋っていたはずじゃないのか、高根沢。

「少しお時間をいただいてもいいですか？　質問を用意します」

「どうぞ。カフェスペースですから、ごゆっくり」

「山崎さんのご都合は？」

「大丈夫ですよ。ずっと店にいますし」

「そんなにお時間は取らせません。えーと、三十分程度たったらお呼びします。なるべく早めに」

勝手に時間を指定する。ぬいぐるみは、ちょっと戸惑った顔で椅子から降り、店スペースの方へ戻っていく。そう、戸惑ってるよな、あの顔は……。それがわかるなんて、どうかしてる。

レジのカウンターにぬいぐるみが入るのを確認してから、高根沢は久世の肩を叩いた。

「書いてあるんでしょ、久世さん」

「えっ!?」

「『もう相談したいことメールの体で書いちゃったよ〜。うちのに出てくれないんだったら、「午後のほっとカフェ」にメールしようかな』ってさっき言ってたじゃないですか」

確かに行きの電車でそんなこと言ったけれど、それは相手がぬいぐるみだと知る前で——。いまだぬいぐるみが生きているということが受け入れられていないのだが。

「けど、予行練習ってことなら、俺が相手をしなきゃじゃないか。自分の悩みを知らないふりして話すのはキツいよ！　お前の悩みにしてくれ」

　予行練習するなら、それが普通というか、自然だろ？

「あ、やっとしゃべった。今までほとんどしゃべってなかったのに」

　おい、ちゃんと答えろ。

「僕、特に悩みないですから」

　しれっと高根沢は言う。

「ほんとかよ⁉」

　そんな奴いるのかよ⁉

「残念ながらほんとにないです」

　そういえば、最近新しい彼女ができてラブラブだと聞いた。リア充《じゅう》を満喫《まんきつ》しているらしい。そんな時期じゃ、悩みなんか吹っ飛ぶよな。だからって俺にそんな無茶振りをするとは。

「そういう時こその面白悩み相談ができるじゃないか。『彼女がかわいすぎて困ってますぅ』とか」

「そういうのは、普通の悩みに混じるから面白いんです。久世さん、最近本当に悩んでるから、メールも書いてみたんでしょ？」

う、それは確かにそうなのだが……それを今ここで吐き出せって？

「だって、あの人に――」

高根沢は、レジカウンターにいるぬいぐるみを指さす。「人」ってためらいなく言うなあ。

「――相談したいから、番組に呼ぼうと思ったんでしょ？」

そうなんだけど……。

「まあ、三十分ありますから、その間に何か別のこと考えるっていうのもありですよ」

「そうか。お前も考えてくれよ！」

「わかりましたよ」

「サンプル並べて、どれか選んでもらうっていうのは？」

「あ、それはいいですね」

それなら、自分の悩みは選ばれないかもしれない。

用意してきた小さなスケッチブックに相談内容を書いていると、高根沢がコーヒーをもう一杯持ってきてくれた。

「おお、ありがとう」

追加注文もせずに居座るのは心苦しい。それにしてもここのコーヒーはうまいな。

「そのコーヒーの豆のブレンド、山崎さんがしたらしいですよ。今、いれてくれたのも山崎さんです」

思わず動きを止めてしまい、黒い液体の表面をじっと見つめる。いれるとこ、ちょっと見たかった！

「かわいい上にコーヒーもうまい。看板ぶた？　ぬいぐるみ？　としては最高ですよね ー」

でも、声はおじさんなんだよな。それはずっと知ってたけど。

「ここは食べるものはないんだそうですけど、近所で買ったものを食べていいんですって。お腹すいてます？　何か買ってきましょうか？　うまいパン屋さんがあるって山崎さんが——」

「あのさあ——」

とたずねようとして、周囲を確認する。カフェスペースは相変わらず空《す》いていた。ぶたぶたは本屋スペースのレジカウンターに座っている。ここからは遠い。しかしあの大きな耳だ。しっかり聞こえるかもしれない。

久世は声をひそめて言う。

「お前、あの……人に会っても、全然驚いてなかったみたいじゃん」

「驚いてますよ！」

心外、みたいな顔で高根沢は言う。

「でも、ラジオ聞いて感じていた違和感がなんだったのかようやくわかって、納得もしました」

俺がさっき感じた違和感と高根沢のものとは全然違ったのか。

「ぬいぐるみが悩み相談やってるって、聞いてる人はわかんないんですよ。すっごく面白いじゃないですか！」

『午後のほっとカフェ』では、ぶたぶたが「ぬいぐるみ」であることは普通に言っているから、高根沢はつまりそれが「違和感」だと思っていたのだろう。ある意味、それを無意識に信じたか、あるいはラジオを聞いて「これは人間ではない」と気づいていた、ということなのか？

「まあ、そうなんだけどね……」

「久世さん、ぬいぐるみだからって悩み相談するのに躊躇《ちゅうちょ》してるんですか？」

「それもあるかも……」

正直なところ。

「あのカウンターに座っているのが、人のよさそうな優しそうなおじさんだったら、と想像してみてくださいよ」

高根沢が指さすので、ついカウンターを見てしまう。ぶたぶたは、何やらうつむいている。何してるんだろう、と思ったら、ブックカバーのついた文庫本をお客さんに差し出している。えっ、カバーつけてたの!?　あの柔らかそうな手で、なんと器用な——。

そのまま、何やらお客さんとお話をしていた。お客さんは学校の制服を来た女の子だった。高校生か中学生か、斜《なな》めからだとよくわからないし、話の内容も聞こえないが、楽しそうにしているのはなんとなくわかる。

ああやって若い子たちの話もよく聞いてあげているんだろうか——。

「聞いててそう思ったから、久世さんも何か相談したいって思ったんでしょ？」

そうだった。話を聞いてもらいたいな〜、とずっと考えていた。でも、いざ自分の悩みを吐露《とろ》したメール（の体で書いたスマホのメモ）を見ると、

「あまりにもガチ過ぎて、それを聞かせるのも悪いかな、と思うんだけど」

自分のことに関しては「悩んでも仕方ない」「なんとかなる」と感じるタイプだ。よほど困ると愚痴《ぐち》を吐くけれど、相談に乗ってもらうほどではないかな、と考えてしまう。でも今悩んでいることは、自分のこととは違うのだ。だから、ちょっと躊躇している。

「……どんな悩みなんですか？」

仕方なく高根沢に読ませる。すると、

「……これは、確かにガチですね」

「なー、そうだろう？」

「でも、さすがにリアルな悩みなだけあって、選ばれそうな気がする」

何でそんなこと言うの？

「お前の適当な思いつきで——」

と文句の一つも言いたくなるが、元々は久世の提案だった。ぶたぶたを呼びたがったのは自分自身。

「じゃあ、せめてちょっと短くしましょうか」

「……わかった」

高根沢と一緒に、書き直したのがこれだ。


山崎さんに相談したいのは、家族のことです。

私には娘が二人いて、長女は今高校生なのですが、彼女が母親との関係に悩んでいるようなのです。母親とは、もちろん私の妻ですが。

娘たちは、長女は私に似ておとなしくインドア派、次女は妻に似て積極的に外へ出ていくタイプです。そういう性格の違いもあり、なんとなく私と長女、妻と次女のような派閥《はばつ》ができています。それ自体はいがみあっていることもなく、至って平和です。タイプが違っても姉妹の仲もよいようです。

でも最近、長女がぼそっと言っているのに気づきました。

「私、お母さんのことなんとも思わないようになりたい」

それがどういうことか訊いたら、

「好きの反対は無関心っていうから」

「お前はお母さんのことが嫌《きら》いなの？」

と訊いたら、

「わかんない」

と言われました。

思春期《ししゅんき》ですから、単に不安定なだけかもしれません。放っておいても大丈夫なのかもしれない。でも、彼女が母親との関係に悩んでいるのは確かです。母親は、長女が高校生になった頃からほとんど世話を焼くこともなく、ほったらかしな状況です。それは子離れ親離れの一つ、自主性の尊重として見ていたのですが、違うのでしょうか？　妻が長女の世話をあきらめたということなのでしょうか？　そしてそれを、長女が敏感《びんかん》に感じ取っている、ということなんでしょうか？

ご意見を聞かせていただければ幸いです。

メモにはもっとくどくど書いていたのだ。妻の職業とか、自分の前職とかいろいろと。

高根沢によって、関係ないところは全削除《さくじょ》になってしまった。

これでも長い気がしたが、もう時間切れなのでしょうがない。ダミーの相談と一緒に混ぜられてしまう。

さっそくぶたぶたを呼ぶ。

「お待たせしました」

ぶたぶたがレジカウンターを出て、こっちにとことこ歩いてくる。生きているとわかって初めて見るので、改めて驚いてしまった。

テーブルの上には千切《ちぎ》ったスケッチブックの紙数枚が並んでいる。それをぶたぶたは見比べ、一枚一枚手に取って読んでいる。その表情は——よくわからない。まさに無表情。それが当たり前のぬいぐるみなのだが。

「どれか好きなものに答えてください」

高根沢が言う。俺のは選ばないでくれ、と久世は思うが、なぜか選んでほしいとも思う。あの声で答えてもらいたいという気持ちは、やはりあるのだ。

「好きなものでいいんですね？」

その真面目《まじめ》な返事に、「あっ、なんか失礼なことしたかも」という気持ちが突如湧き上がる。勝手に押しかけて、変なテストみたいなことして。何してんだ、俺らは。

「あっ、すみません、今気づきました。勝手なことしてますね、俺たち……」

久世はそう言って、紙を取り戻そうとしたが、

「いえいえ、おかわりしてもらいましたし、本もたくさん買ってもらいましたから」

久世が悩んでいる間、高根沢はコーヒーやらジュースやらを追加注文し、本をたくさん買い込んでいた。彼の前には、紙袋が二つ並んでいる。

「いい古本もあったんですよ」

「現在では手に入りにくいものを中心に集めています」

そうなんだ。あとで見たい。

「いつもやっているラジオと同じような感じでいいんですか？」

「山崎さんの好きなように答えていただければ、けっこうです」

「わかりました」

ちょっとお尻をもじもじさせて姿勢を正す様子が妙《みょう》にかわいい。

「じゃあ、これを」

と手に取ったのは、久世の悩みだった。ああー。他のはダミーだと見破られてしまっ

たのだろうか。

「……どうしてそれを選んだんですか？」

「うーん、一番悩んでいるように読めたからです」

そう……そうだよ。そのとおりだよ。久世はもう少しで激《はげ》しくうなずくところだった。

「では、久世さんがいったん読んだ、というようなところからはじめましょうか？　久世さんに促《うなが》してもらって」

高根沢、わざわざもう一度、しかも公衆の面前（あまり人いないけど）で読まそうという鬼畜《きちく》ではなかったようだ。

「なんとお呼びすればいいですか？」

久世の問いに、

「ぶたぶた、とお呼びください」

と言われた。ほんとにこのぬいぐるみのための名前のようだ。

「ぶたぶたさん、でよろしいですか？」

「はい」

高根沢の合図に、

「いかがですか？　ぶたぶたさん」

と久世は促す。ぶたぶたの目と目との間にはシワが寄っていた。これは悩んでいる表情に違いない！

「そうですねえ。単純にお母さんと長女さんは相性《あいしょう》が悪いんじゃないかと思うんですけど」

「相性？」と声を出してしまいそうになるのを、ぐっとこらえる。

「親子なのにですか？」

「もちろんですよ。血はつながってますけど、それですべて解決なら、世に親殺し子殺しはないはずでしょう？」

ちょっとドキッとしてしまった。ぶたぶたはこの悩みが久世のものとは知らないのだ。

「ぶたぶたさんでも、やはり相性は気にしますか？」

誰にでもかわいがられそうだけれど。

「僕ではなく、相手の方がすごく気にすると思います」

……それもそうだな。

ああ、今思えばだけど、こんなような会話をラジオでさんざ聞いた。あの『午後のほっとカフェ』では、水曜パーソナリティの江田早苗《えださなえ》が、「ぬいぐるみですからね」みたいにツッコミというか補足を加えるのだ。それをリスナーが理解しているかいないかは関係ない。目の前のぶたぶたがそうだからだ。それが他にない不思議な面白さを生む。

でも、自分にそのツッコミをする勇気はない。少なくともまだ。

「ただし、僕の場合は、たいてい相性の悪い人とはつきあい続けなくていいんです」

「なぜですか？」

「相手が避《さ》けてくれるから。避けるというか、逃げるかな？」

これにもちょっとドキッとした。もしかして、自分も何も知らなかったら、その中の一人になっていたかも、とちらっと思ったからだ。相性云々《うんぬん》というより、どう接したらいいかわからないというか、遠くから見るだけにしとこうかなみたいな——そんな感じ。

「なるほど」

自分の返事があまりにマヌケで、情けなくなる。早苗の自然な受け答えを思い出す。すごく楽しそうに——というか、彼がぬいぐるみであることを普通に受け入れて話していた。

俺は受け入れられないということか？　あれ？　まさか俺、このぬいぐるみと相性悪い？

いやな汗が出てきた。

でも、俺だってプロだ。今までだってあまり絡《から》みたくない人の相手だってしてきたじゃないか。そして、なんとかうまくいっていた。相性がいい悪いというより、未知《みち》の領域だからこそやらなきゃ。

「このお父さんもう、その『相性』に関してはわかっているんじゃないかと思うんですが」

「そうですね……」

と思いつつ、自分のことだと思うとやはりマヌケな答えしか出てこない。「おいっ、失敗だったんじゃないか!?」という顔で高根沢を見るが、すっとぼけた顔で見返される。

しかし、言われたことはそのとおりだった。久世にはもう、わかっていた。妻と長女の相性が悪いということを。そしてそう言われたことで、自分が本当は何に悩んでいるのかがわかった。

「そのことを、娘と話し合うべきなんでしょうか？」

もう高根沢の思惑《おもわく》はどうでもいいので、答えが知りたい。

「え……」

驚いたことに、ぶたぶたの目が見開いたように見えた。ただのビーズなのに。なんというテクノロジー！

「これは久世さんのお悩みなんですか？」

「まあ、そうなんですけど」

「ネタバレさせるの早すぎません？」

高根沢の言葉は無視する。

「『二人の相性が悪い』とはっきり言った方がいいんですか？」

ぶたぶたはちょっとあわてているようだったが、

「どういうのが一番いいかって断言はできませんけど……僕だったら、言いますよ」

と落ち着いた声で言った。

「奥さんと娘さん、どちらかに非《ひ》があるってわけではないんですよね？」

「そうです。欠点はありますけど、どちらもいっしょうけんめいな人間です」

むしろいいかげんなのは自分と次女だと思う。

「どちらもいっしょうけんめい——似ているところもあるってことですね」

「そう言われるとそうです」

なるほど。

「娘さんと奥さんは、冷静に話し合いはできますか？」

「できないというか、なんだか嚙《か》み合わないです」

ペースが合わないというのだろうか。もしかして、似ていないのではなく、ある意味似すぎているからかもしれない。そのけんめいさ故《ゆえ》に互いに空回《からまわ》りというか。

高校一年の長女・真穂《まほ》子は、成績はいいがおとなしく控《ひか》えめ、話す時もじっくりと考えるタイプだ。次女の愛香《あいか》は小学五年生。素直で甘えん坊で、誰とでもすぐに仲良くなれる。

メモに書いたとおり、姉妹の仲はいい。そして、母親の夏代《なつよ》と愛香の仲も良好だ。しかし、真穂子とはぎくしゃくしている。だが、決して冷たいわけではない。初めての子である真穂子に対し、いろいろやってあげたい、こうしてあげたい、という気持ちが強かったようだが、真穂子はそれをあまり受け入れず、二番目の愛香はすんなり受け入れた。母親の理想はいろいろあったのだろうが、言うことをきかない長女の扱いには苦労していたようだ。

それもあってなんとなく、真穂子は久世に、愛香は夏代に、という受け持ちみたいな関係ができていったように思う。久世は、子供にもちろんできるだけのことをしようと思ってはいるが、「こうなってほしい」みたいなものはない。自分ですらわからないというのに。でも、夏代にはそれがある。

夏代は大手企業に勤めているキャリアウーマンで、バイタリティあふれる女性だ。結婚や出産をしたい、仕事もしたい、望めるものすべてを手に入れたい、と思い、その努力を怠《おこた》らない。

そういうタイプの人間からすると、何をするのもマイペースで、帳尻《ちょうじり》は合わせるけれどあまりテキパキしていないように見える真穂子は、とてももどかしいらしい。

単純に言うと、夏代はせっかちで、真穂子はおっとりしている。何をするのも「早く早く」と夏代は急《せ》かすが、それを聞いても真穂子はのんびりと動く。それがたまに、とても頑固《がんこ》に見える時がある。断固《だんこ》として母の言うことはきかない、と考えているかのように。

久世はのんびり屋なのだが、夏代に文句を言われるのは生活態度が主で、それらにはもう慣れた。きちんとしている方が気持ちいいし、仕事や趣味に関しては何も言われないから、それほどストレスはたまらない。大人なので、夫に対してはもうあきらめている部分もあるのかもしれない。

でも娘たちに対しては、多岐《たき》にわたって目を光らす。過干渉《かかんしょう》とまではいかないが、少し心配性かもしれない。口も立つので、じっくりと考えて話すタイプの真穂子はろくに反論もできないまま、いつも話が終わってしまう――ように久世には見える。愛香はうまいこと母が喜ぶような物言いをして、お小言《こごと》を短く切り上げるのが得意だ。

家族としてはありふれていて、特に問題があるわけではないと思っていたのだが、真穂子の言葉を聞いてさすがの久世も考えてしまった。何かしないといけないのかもしれない。でも何をしたらいいのかわからない。余計な口出しをして、もっとぎくしゃくしたら、と思うと踏み出せない――これがつまり、久世の本当の悩みだった。

真穂子のことだと思っていたのだが、そうではなく、父親としてどうすればいいのか、という自分自身の悩みだったのだ。

「自分が娘たちとは特に相性が悪くないので、あんまり気にしていなかったけど――」

と言いつつ、娘たちとちゃんと話そうとするのは、夏代ばかりだな、と思い当たる。

真剣な話は母親、それのフォローに当たるのが父親、というような役目になっている？

「このままだと、長女が母親を嫌いになるんじゃないかと思いまして」

「でも、お嬢さんは『嫌い』ではなく、『なんとも思わないようになりたい』と言ったんでしょう？」

「そうですね」

「それは相反《あいはん》する気持ちを、本人もどうしたらいいのかわからないからなんだと思うんです。つまり、お嬢さんはもう、お母さんのことが嫌いなんです」

はっきり言われて、久世はショックを受ける。

「でも、好きでもあるはずです」

ぶたぶたのまっすぐな点目に見つめられる。いや、ただ見ているだけなんだろうけど、目力《めぢから》があるのはどうして？

「好き嫌いがあるのは普通のことです。でもお嬢さんの場合、それが大きくブレるのがつらくて、『なんとも思わないようになりたい』と言ったんだと思います。『相性が悪い』ってそういうことだと思うんです。相性がよければ、いいところ、好きなところばかりが目について、嫌いなところは目をつぶれる。悪ければ、嫌いなところばかりが気になって、いくらいいところがあっても、好きな人でも許せなくなる。他人だと距離を置くことができますが、親子だとずっと一緒に暮らさないといけないから、お互いにストレスが溜《た》まります」

つらく当たるからと言って、夏代は決して真穂子を憎《にく》んでいるわけではない。それはわかっているつもりだが、

「……娘に妥協《だきょう》しろってことですか？」

「いえ、もちろんお母さんにも——妥協と言うと響きは悪いですが、二人にとってちょうどいいところを探せるようにするってことですよね」

社会に出れば、人間関係は妥協のくり返しだ。相手と自分にとってちょうどいいところを探りながらやっていくことになる。家庭ではそういうことをしなくていい、と思っていたのだが、場合によってはそうしなければならないということなのか。

「では、娘と妻に『お前たちは相性が悪い』と言うべきなんでしょうか？」

ぶたぶたは、鼻をぷにぷに押しながら、

「お母さんにははっきり言ってもいいかもですが、思春期の娘さんはそういう強い言葉だとのちのち引きずる可能性もありますから、言葉を選びつつ趣旨《しゅし》がわかるよう話すと、気分が楽になるかもしれないですね。『お母さんを嫌うなんて、自分はひどい子供だ』

と思っているかもしれません」

ひどい子供だとは思わないが、子供はみんな親のことが好きで、親の気持ちも釣り合っていれば、それでなんとなくうまくいくものと思っていた。いわゆる「愛さえあれば」というやつだ。

自分の実家には何も波風が立たなかったが、それはもしかして、両親の見えない努力があったからなのかな。実家にいた頃の、子供であった自分のままでは、父親としては不充分ということなのか。

「母親が納得してくれなかったら？」

「うーん、お母さんも何か思い込んでる可能性がありますから、単に相性の問題っていうことになると、その方が娘さんと同様に少し気が楽になるんじゃないかと思いますけどね。って、適当なこと言ってますけど。すみません」

「いえいえ」

久世は、目の前にいるのがぬいぐるみであることをすっかり忘れてしまっていた。『午後のほっとカフェ』を聞いているみたいだった。電話相談している気分――完全にリスナーの気分だった。なんだこれ。予行練習なんて全然できてないじゃないか。しかもまだ訊きたいことがある。

「このままにしていたら、どうなりますか？」

「何もしないってことですか？」

「そうです」

なんとなくビーズの目でなんでも見通しているような気がする。

「特に変わらないと思いますよ」

そして、すごく拍子抜《ひょうしぬ》けするようなことを言われる。

「でも、誰かに負担がかかってそうなってる、ってことがあるかもしれません」

そう言われて、久世の胃はきゅっと締《し》まった。それはきっと、真穂子に、ということだから。

「それがどうなるかは、先にならないとわからないですよ」

解決策を出してくれるというより、やるもやらないもお前次第、みたいな答えだった。

そりゃそうだ。困るのは相談者なんだから。

「あっ」

突然気がついたように、ぶたぶたは姿勢を正す。そしてこう言った。

「偉そうなこと言ってすみません。僕もなるべく家族内の人間関係には気をつけているつもりなんですが……ちゃんとできているかは、やっぱり将来にならないとわからないですね」

「気をつけているんですか？」

「はあ、うちも娘が二人おりますし」

「え……？」

娘が二人……？

「えーっ、ほんとですか⁉　ご結婚されてるんですか⁉」

高根沢ももう、練習とかそういう体はすっかりなくしている。

「ええ、あそこにいるのが妻です」

とさっきの女性を指（じゃなくてひづめみたいだけど）さす。

「おおーっ――」

と高根沢は驚きの声を飲み込む。「――人間」と続けたかったのではないか？

それにしても二人の娘さんはどんな――人なのだろうか。ぬいぐるみなのか、人なのか？

それはさすがに訊く勇気はなかった。

ぶたぶたに話を聞いてもらうと、自分の中でいろいろ整理できるような気がする。リスナーもきっと、そう思ってくれるのではないか。

ぶたぶたの正体については彼の発言がすべてで、こちらからは「ぬいぐるみ」と言わない、というスタンスにすると、それを聞いているリスナーがどう思うのか。『午後のほっとカフェ』とのちょっとの差だが、両方聞いているリスナーがどう考えるか、というのを想像するのも楽しい。

やはりぶたぶたの悩み相談は面白そうだ。

「ぜひともうちの番組に出ていただきたいんですけれど」

高根沢と二人で説得に当たる。渋る点は、「自分でいいのか」というところなので、とにかく、

「そのままで、ぶたぶたさんそのままでいいんで、ぜひ出てください!」

と頼み込む。しかし、

「ちょっと考えさせてくださいね」

と言われてしまった。

「家族に相談してみます」

お店もあるし、それは仕方なかろう。でも、ほんとにやってほしい――。

3

店を辞《じ》した時は、二人とも興奮冷めやらぬ状態で、でもちょっとがっかりもしていた。高根沢は局に戻り、久世は取材が入っていたので雑誌社へ向かう。

家に帰ったのは九時を過ぎていた。今日は比較的早い。居間で夏代と愛香が一緒にテレビを見ていた。

「お姉ちゃんは？」

「もうすぐ塾《じゅく》から帰ってくるから、一緒に夕飯食べたら？」

冷蔵庫に入っているものを温めたりしていると、真穂子が帰ってきた。

「お父さんも今帰ってきたばかりだから、一緒に夕飯食べよう」

「うん……」

なんだか乗り気がないようだが、最近はいつもこんな感じだ。しかし、

「チキンのトマト煮、あたしが作ったんだよ！」

と言う愛香には、笑って「わーい！」と喜んでいた。真穂子の好物なのだ。

愛香の作ったトマト煮をおかずに、二人で夕飯を食べる。こういう食事は、最近けっこう多い。中学の頃より、真穂子の塾が遅い時間になったからだ。

久世が会話しようとしても、反応がいまいちなので、黙々《もくもく》と食べてしまいがちになる。

本当は、今日ぶたぶたに相談したことも話したいのに。

都合よく愛香は「もう寝る」と言って自分の部屋へ行ってしまった。夏代は風呂に入りに行き、ダイニングは父娘二人だけになった。

言葉を選ばなければ、という気持ちと、早く話したい、という気持ちが交錯《こうさく》する。

「真穂子」

「何？」

「あのー、この間言ってたこと――」

と続けようとしたら、真穂子は持っていた箸《はし》の動きを止めた。そして、

「あれ、もう気にしてないから」

と言った。ちょっと棒読みっぽかった。

「え？」

「変なこと言っちゃったけど、もう平気だから」

「え、いや、あれからお父さんも考えたんだけど——」

「もういいのっ」

真穂子が大声を出すのは珍しい。と言っても怒鳴り声ではなく、少し押し殺したような大きさだった。感情があふれるのを我慢《がまん》しているような。

「別の話にして」

「でも——」

「別の話にするか黙ってるか、どっちもダメならもうごはんいらない」

ごはんは食べてほしい。食が細いことを夏代が気にしているし、久世も心配だ。せっかく愛香が作ってくれたトマト煮だし……。

ここでしっかり真穂子の気持ちを聞き出せるようなら、きっといい父親なんだろう。

しかし、久世はどうしたらいいかわからなくなった。

「……わかった」

黙っていた方がいいのかもしれないが、気まずさをどうにかしたいとも思う。そうだ、ぶたぶたのことでも話そうか。

「今日、新しいラジオの企画に出てくれる人に会ったんだよ」

「……うん」

「その人が、とても面白い人で」

「……ふーん」

おざなりであっても返事はしてくれる。そこら辺が真面目で優しい子なのだ。

「ちょっとびっくりするくらい――」

ぬいぐるみであることを言うのはためらわれた。あきれられるかもしれない。気を引こうとして、変な話してるって。

「とても変わってる人だったんだ」

結局、その程度におさめておいた。

「うん」

真穂子が何かに悩んでいても、ぶたぶただったら聞き出せるだろうか。彼も父親で、しかもなんとなくだが、自分よりもずっとちゃんとしているような気がする。最初の抵抗はなんだったんだ、と自分で自分にツッコむ。

「真穂子もきっと、仲良くなれると思うよ」

そう言うと、娘はびっくりしたような顔になる。

「お父さんの仕事の人だから、おじさんなんでしょ？」

そうじゃない人も多いけど、おじさんも多い。

「うん」

「おじさんとはあたし、仲良くなれないよ」

そうなのだ、ぶたぶたはおじさん――そのとおり。小さなぬいぐるみだけど。だからこそ、人が心を許せる気がする。

いや、その前に、父親が話をちゃんとできないと。

「ごちそうさま」

まるであわてたように真穂子はごはんを平《たい》らげ、食卓から立ち上がった。遅い夕食の場合、洗い物は各自で、と決まっている。真穂子はさっさと洗って、夏代と入れ替わりに風呂場へ行ってしまう。食べてすぐの風呂は身体によくない――と忠告してもきっと聞いてくれないよな。

結局、その日は肝心な話はできないままだった。情けない。断固たる態度で「話がある」と真穂子の部屋へ行けばいいのだろうが、あいにくテスト勉強中だ。自分や真穂子がよくても、夏代が「勉強に集中させたい」と言う。

そうだ、真穂子に言う前に、夏代に話した方がいいかもしれない。

しかしその夜はもう、風呂から上がって寝室へ行くと、夏代は眠ってしまっていた。定期的に改まって話す、という習慣でもつけておけばよかったのか。それぞれ忙しい家族だから、話すタイミングが難しい。

言おうと思っていて、なかなかできないってどう考えてもフラグっぽい。しかも悪いことへの。憂鬱《ゆううつ》になってしまったので、思い切って真穂子の部屋へ行ってみると、灯りが消えていた。やはり寝てしまったか……。

台所のテーブルで少し悩む。といってもむりやり起こすつもりはなかった。何かメモでもドアの下から滑《すべ》らせておくか、と考える。

でも、気の利《き》いた言葉は浮かばない。ぶたぶたなら、きっと何か優しい言葉でもかけてやるんだろうな——。

そう思いながら、メモ帳にぶたぶたの姿を落書きしていた。けっこううまく描けた。これでも小学生の頃はマンガ家になりたいなんて思っていたのだ。しかし実際になったのは、地方新聞社の記者。文章を書くのも得意だった。そしてラジオも昔から好きで、構成作家として転職し、ラジオ局へ出入りするうちに、今ではなぜかパーソナリティまでやっている。

久々に描いたのに、なかなか特徴をとらえていて、我ながら得意になる。キャラデザインもできるかも。あっ、ノベルティに使ったらどうだろう？

あまりにうまく描けたのがうれしくて、その絵にメモを添えた。

今日会った人。こんな感じの人だったよ。ラジオの新企画は悩み相談なんだよ。

悩み相談のことはさっき出したら、もっと雰囲気が悪くなっていたかもしれない。朝になって見れば、あまり気にならないかな。

メモを真穂子の部屋のドアの下へ入れたが、まだぶたぶたが承知していないことに気づいて、ちょっと落ち込む。

でもなんだか、やってくれそうな気がするのだ。根拠《こんきょ》ないけど、そんな予感がする。何も成果が上がらなかった日だから、それくらい希望を持ったっていいじゃないか、と思うのだ。

4

その希望どおり、ぶたぶたは出演を引き受けてくれた。家族にもすすめられたという。

久世は高根沢とともに喜ぶ。明日美に話すと、

「何相談しようかな〜」

と語尾《ごび》にハートマークがつく勢いで言っていた。

「でも、ちょっと変わった人なんです」

打ち合わせの席で、高根沢がスタッフに説明する。

「そんな人にはみんな慣れてますよ〜」

と構成作家の日隅《ひずみ》は言う。それは確かだ。どれだけこの業界にいても、次から次へと

変わった人は出てくる。

とはいえ、ぶたぶたはその中でも特別だ。みんなが驚く顔が早く見たい。

「説明します？」

高根沢がコソコソと言う。

「説明しても信じてもらえるかな？」

「それもそうですよね」

「写真は一応撮ったけど」

「写真見せてもただのぬいぐるみですよ」

一応、プロデューサーの関に見せてみた。

「こういう方なんです」

ぶたぶたは座っている久世と高根沢の間にいて、テーブルに座っている。どう見ても二人の間にただのぬいぐるみを置いただけだ。

「あ、顔出しNGの人なの？　ラジオ向きじゃん」

関はそう言っただけだった。やっぱり。

サプライズも兼《か》ねて、黙っていることにした。とにかく顔合わせが楽しみだ。

そういえば、あれから真穂子の反応は——ない。朝起きた時、なんて言うかな、とちょっとドキドキしたのだが、何もなかったように学校へ行ってしまった。「何あれ?」でもいいから言ってほしかった……。あの絵を見てないのかな? ちゃんとドアの下から中へしっかり入れたから、わかったはずだと思うのだが。風か何かで飛ばされたとか、夜中にドアを開けた時にどこかへ入り込んでしまったとかはありえる。

こちらから訊く、というのはもっとドキドキする。思春期の女の子は、どうリアクションするかまったくわからなくて、難しい。つい尻込みしてしまう。これがいけないんだっていうのもわかっているのに……つい。

父親業をいいかげんにやってきたツケが回ってきたか——久世はそっとため息をついた。

初めてぶたぶたがやってくる日が決まった。打ち合わせ兼《けん》顔合わせということで、木曜日の午後にスタジオへ来ていただくことになったのだ。

局の前で待ち合わせをすることにする。一人で来て止められてしまったら申し訳ないし、その反対に小さいからするっと入ってしまうのも、あとで揉《も》めるかもしれない。とにかく最初は関係者と一緒に――一度会ったら、守衛《しゅえい》さんも忘れることはないだろうし。

高根沢と一緒に正面入口の前で待っていると、

「この間の悩みは解決したんですか？」

と訊かれる。

「いや、まだ……」

「あれ、ほんとにガチだったんですよね？」

「うん。娘に話すタイミングがつかめなくて」

イラストのことがきっかけになれば、と思ったのだが、本当に何も言われないのでかえって怖《こわ》い。

メールやメッセージを改めて送るか、あるいは手書きの手紙を書いたりしようかな。しかしあのイラストのように何も返事がなかったらどうしよう。送るだけでは何も解決しないのだ。返事がちゃんとほしい。

ああ、俺は小さい頃のように真穂子と屈託《くったく》なくしゃべりたいと思っているんだな。いろんな話をしたり、遊んだりした頃に戻りたい。いや、戻るのは無理だけど、せめてもう少し話ができるようになりたい。

愛香はまだまだ無邪気《むじゃき》で、久世のちょっとしたダジャレにもケラケラ笑ってくれる。しかし、やはり成長すると、真穂子のようにあまりしゃべってくれなくなるんだろうか。寂《さみ》しい。お父さんは寂しいよ——。

「お待たせしましたー」

そんな声にはっとなる。ぶたぶたが目の前に立っていた。つい普通の待ち合わせと同じ視線でいたから、近づいてくるのを見逃していたらしい。

「こんにちは、今日はよろしくお願いします」

丁寧に頭を下げてくれる。こ、これと同等の挨拶《あいさつ》はもう、土下座しかないのでは、と思うくらい腰が低い。物理的に。しかも、黄色いリュックなんて背負っているのが見える！

「こちらこそ、よろしくお願いいたします」

目の端に、守衛さんの姿が見える。「何してんのこいつら」という顔をしている。ぬいぐるみに向かって頭を下げる男二人を見れば、そういう顔になるのも無理はない。いや、もしかして守衛さんはぶたぶたを認識《にんしき》していないかもしれない。ということは、俺たちはいきなり誰もいない空間に頭を下げている変な男たち、ということになる。

間にぶたぶたをはさむようなかっこうで、受付に案内する。ここで手続きをして入局証をもらわないと局内を歩けないのだ。

「すみません、お客さんなんですが」

高根沢が申し出ると、

「こちらにお名前などご記入ください」

事務的に届け出用紙を差し出して、受付の女性が言う。しかし——届かないな、この高さだと。

「どうします？　支えましょうか？」

本人に記入してもらう、というのがルールなのだ。

「カウンターの上に乗っても大丈夫でしょうかね？」

ぶたぶたが言うので、受付の人にそのとおり訊いてみる。すると、

「はい？」

と首を傾《かし》げた。そりゃそうだ。俺がこの女性でも、きっとこんな顔をする。

「乗るのはちょっと——」

だろうな。

「じゃあ、支えている間に、書いてください」

久世はぶたぶたを抱えて、持ち上げた。ちょうど受付の女性の目の前に掲《かか》げ持つような体勢になる。女性は目を丸くする。

うわー。本当にぬいぐるみだ。多分同じ大きさの猫や犬よりも、すごく軽い。手触《てざわ》りもよい。何これ。なんて布なの？　同じ生地《きじ》で服がほしいと思ってしまうくらいの手触り。

そんなこと考えるなんて変態くさいかな、とちょっと落ち込む。

「ボールペンは握《にぎ》れます？」

高根沢が差し出すと、

「大丈夫ですよ」

と柔らかい手でぎゅっとつかみ、届け出用紙に名前や住所などを記入する。こんな柔らかい手なのに、字は力強く、読みやすい。

「これでよろしいですか？」

とぶたぶたが受付の女性に言うと、一瞬目をぱちくりしたあと、

「はっはい、これでけっこうですっ」

と用紙を受け取り、入局証を差し出そうとして落とした。

ぶたぶたを床《ゆか》に降ろしている間に、高根沢が拾ってあげると、

「すすすみません……」

という小さな声が聞こえる。こんなにとっちらかっている受付の人、見たことない。なんだか楽しい。

入局証の紐《ひも》が長くて、ぶたぶたはそれをぐるぐる巻きにして首にかけた。マフラーみたいだ。しかも入館証自体は、ゼッケンのようになってるし。

「すみません、お二人に迎えに出てもらっちゃって」

「いえいえ、最初ですから。さっそくスタジオにご案内しますね」

少し狭いが、眺《なが》めが最高なスタジオに案内する。朝の番組だから、天気がどうなのかというのを伝えるのも重要なので、このスタジオを使っている。まだ外が暗い冬から次第に日が長くなっていくのを感じられるのはなかなか格別だ。

「山崎ぶたぶたさん、いらっしゃいましたー」

高根沢がドアを開けると、中のみんながいっせいに振り向く。そしてまもなく、

「ん？」という顔にもなる。そうだよな。山崎さんは見当たらないから。

「こちらが、山崎ぶたぶたさんです」

下の方を指し示す。スタジオの空気が変わったのがわかった。「こちらって、このぬいぐるみ?」って全員が思っている顔になっている。面白い。多分、俺たちも最初はこんな顔をしていたに違いない。いかん、笑いの発作が。

「はじめまして、よろしくお願いいたします」

ぶたぶたは、そう言ってペコリと頭を下げた。不気味な沈黙が流れる。誰が最初に声を発するか、あるいは行動に移すか。高根沢と二人で、悪趣味な期待に打ち震える。

そして口火《くちび》を切ったのは、

「よろしくお願いします!」

と駆け寄った明日美だった。

「木曜パートナーの吉川明日美と申します!」

ぶたぶたの目がちょっと見開いたように見えた。「知ってる、この人」みたいな。

「テレビでいつも拝見しています。こちらこそよろしくお願いします」

そう言って、二人は握手《あくしゅ》をした。正確には、明日美がぶたぶたの手? 前足? を握りつぶした。痛みはないように見える(点目だからよくわからないけど)。

「『昼下がりの読書録』、聞いてます。声がすてきだって思ってたんですよ〜」

「えー、そんな！　でも、ありがとうございます」

にこやかに二人は会話を続ける。

「関さん！　どうしたんですか！　ほら、ご挨拶しましょうよ！」

明日美がぼーっと突っ立ったままのプロデューサーを呼ぶ。明日美のファンである関は我に返り、あわててぶたぶたに近づく。手前まで来て、不自然に立ち止まる。あまりに小さくて驚いているのかもしれない。

「よ、よろしくお願いします、プロデューサーの関訓正です」

笑顔が少しぎこちないが、それでも名刺を取り出して渡す。

「ごめんなさい、わたし個人の名刺はないので、書店のを——」

と言って、久世たちももらった名刺を取り出す。その差し出し方に、関は目を丸くしたが、

「ありがとうございます！　こちらこそご挨拶が遅れまして、申し訳ありません」

名刺交換をしたことで関のスイッチが入ったようで、仕事モードの口調になる。さすが。

硬直していたスタッフも、それを合図のように立ち直り、次々と挨拶に来る。興味津々《しんしん》な者、怖がっている者、ぼんやりしている者、事態を把握《はあく》していなさそうな者——みんなそれぞれ反応が違って面白い。どう思っているのか、あとで聞いてみたい。

「あ、ではこちらにどうぞ——」

関が椅子をすすめるが、「乗れるのか？」という顔になる。

「お手伝いした方がいいですか？」

と明日美が言うが、

「いえ、大丈夫ですよ」

そう言うとあのカフェでもそうしたように、ぴょんと軽《かろ》やかに椅子へ飛び乗る。しかし座ると身体はテーブルに隠れてしまい、耳の先だけ見える。そうか、この間は椅子を突き合わせて話していたから気にならなかったが、テーブルをはさむとちょっと困るんだ。

「できたらクッションなどお借りしたいのですが。忘れてしまいまして」

忘れて、ということは、いつもはちゃんと持ってくるの？　クッション、自分の身体より大きそうだけど。

高根沢があわててソファーに置いてあったクッションを持ってくる。すると座高が上がって、頭が見えるようになった。テーブルについた人たちみんなが、笑いをこらえているのがわかる。

「いつもクッション持ってらっしゃるんですか？」

明日美がなごやかにたずねる。

「ええ、旅行用のふくらますものですけど」

「え、じゃあ、空気は――」

「必要な時は自分でふくらますんですが、今日はあわてて家に置いてきてしまったようなんです」

ごく普通のことを言っているのだが、よくよく考えると不思議なことだった。自分でふくらます――途中で口を離したら、漏れた空気で飛んでいってしまいそうだけど。それ以前に、口があるっていうのか⁉　ま、まあ、しゃべってはいるけれど。鼻が動いているのしか見たことない。

謎すぎる。みんながそう思っている空気があるが、ぶたぶたは特に気にしていないようだ。多分……慣れている。そうだよな。それが普通なんだもの。

「えー、改めてご紹介します。木曜日九時台の新しいレギュラーゲスト、山崎ぶたぶたさんです」

高根沢が言うと、ぶたぶたは椅子の上に立ち上がり、またお辞儀《じぎ》をした。

「失礼なかっこうですみません。不慣れですが、よろしくお願いいたします」

それを言うなら、こちらも生きたぬいぐるみの扱いには不慣れだ。しかしその空気は、次の言葉で劇的に変化する。

「どうぞぶたぶたとお呼びください」

ぶたぶた——ぶたぶたさん——頭の中で自分がそう彼を呼ぶことを考えると、なんだかほんわかする。テーブルを見渡すと、みんなそんな顔をしているような気がする。さっき微妙な顔つきだったスタッフも含めて。

「えー、山崎さん——ぶたぶたさんには、悩み相談をしていただきます」

高根沢も我に返ったようで、説明を続ける。

「メールでいただいたお悩みに答えていただく、あるいは電話で直接リスナーさんと話していただきます」

至ってシンプルなコーナーだ。そして、

「タイトルは、『ぶたぶたさんにきいてみよう』と決まりました」

ぶたぶたにも了承済《りょうしょうずみ》だ。教育番組みたいだが、なんだか訊いてみたくならない？ならないかな？　ぶたぶたを目の前にすると、このタイトルはすごくわかってくれると思う。

「それは、テレビだとわかりやすいような……」

関が言う。おそらく、久世と同じことを考えている。そうなのだ。ラジオだから。ぶたぶたが見えないのが残念でならないが、

「テレビだと、ぬいぐるみをただ動かしているだけって見られるかと」

反論というか、自分としても残念という本気をこめて言ってみる。

「そう……だな。もったいない気もするけど、そのタイトルにしようか」

「もったいない」という言葉に久世はうなずく。それにはいろいろな思いが込められているが、とにかくぶたぶたの点目を前にすると誰もが何かを訊きたくなるというのには納得してもらったらしい。

「あのう、番組のブログにお写真を載《の》せてもかまわないんでしょうか？」

ＡＤで番組サイトの管理をやっている野口時音《のぐちときね》が、おずおずと手を挙げて訊ねた。

「それはかまいませんよ」

ぶたぶたが言う。

「ぬいぐるみとしか認識されないと思いますが」

当たり前のことを言っている——のだが、はっと気づく。ブログを見た人が「山崎ぶたぶた」と紹介されたぬいぐるみの写真を見ても、それが本人だと思わないってことだ。「写真NGなんだな」とか「ふざけてるのかな」とか、その程度の認識ということか。リスナーがどう思うかはリスナー次第なのだが、

「これは生きたぬいぐるみだ！」

と即座《そくざ》に確信する人は、ほぼいないだろう。

きっとブログの写真を見たリスナーの中には、ラジオの声をぬいぐるみがしゃべっているという設定で聞く人もいるだろう。そして、その設定にブレがないことを面白いと思ってくれる人もいるかもしれない。

とても楽しそうだ。久世はなんだかわくわくしてきた。

打ち合わせが終わってから、改めてぶたぶたに挨拶をする。

「先日はいろいろ聞いていただき、ありがとうございました」

「いえいえ、こちらこそ好き勝手なことを言ってしまいまして」

「そんなことないです」

印象に残ったのか、ぶたぶたは『昼下がりの読書録』で親子関係についての本を紹介していた。その本を買って、今読んでいる。なんだか怖くて、なかなか読み進められないが。

「その後、いかがですか？」

「あー……まだ長女とちゃんと話してなくて」

「そうですか」

ちょっとしょぼんとした顔になったような気がした。えっ、そんな！　あっ、自信をなくしては困るのに！　ダメだな、俺！

「あっ、でも妻とは話しました」

「そうですか、それはよかったです」

「あのあと、なんとか時間を作って夫婦で話し合いました――」

「相性が悪い」という言葉に夏代はショックを受けたが、納得はしたようだった。

「他の人だったら気にならないことが、真穂子のことになると気になってしょうがないの」

そう言いながら、ちょっと泣いていた。母親としてやり方が間違っているのか、娘をこのまま理解できないのかと悩んでいた。愛しているのに、それでもたまに何もかも娘のせいにしたくなって、そんな自分がいやだと。

親子であっても相性の良し悪しがある、ということに、少し気持ちが楽になったと言っていた。

でも、どう接すればいいのかは模索《もさく》中だ。愛香ばかりをかまいたくはないし、かといって急に変わったら敏感な真穂子のことだから、警戒するかもしれない。高校生になってからは世話を焼きすぎないようにしていたが、まだ加減がわからないと言う。

「とりあえず、妻は長女に何か言う時に『他の人だったら気にならないこと』を意識して、なるべく自分を客観的に見られるよう努《つと》める、と言ってました」

「長女さんともちゃんとお話しできるといいですね」

「あれ以来、避けられているみたいな気がして」

真穂子が話を拒否したことは話した。イラストのことはちょっと恥ずかしいから伏せた。

「でも、奥さんと話ができたのは、ほんとよかったですね」

「そうですね」

まあ、何も解決はしていないのだが。

「えー、もう久世さん、ぶたぶたさんにご相談したんですかー？」

明日美の声が響く。

「あ、うん、ちょっとだけ——」

「ぶたぶたさん、わたしの悩みも聞いていただけます？」

明るく華やかな声だが、目が笑ってない。かなり真剣な顔してるぞ。

「お役に立てるかどうかはわかりませんが、わたしでよかったらお話聞きますよ」

「ありがとうございます！」

明日美はとても明るく、いつでもポジティブなので、悩みなんかあるんだろうか、と思ってしまったが、誰でも何かしらあるものなのだ。俺もそう思われることの多いタイプだ。ぼんやりしているように見えるからなあ。っていうか、本当にぼんやりしているんだけど。

5

ぶたぶたが初出演する日の前の晩、また真穂子と二人で夕飯を食べていた。夏代と愛香はまだ居間でテレビを見ている。

「お父さん——」

珍しく真穂子が話しかけてくれた。避けられていると思っていたのに。

「何？」

「あのイラスト……かわいかった」

ぼそっとそんなことを言った。よかったー、ちゃんと見ててくれたんだ。

「けっこううまく描けたんだ」

「悩み相談の人ってほんと？」

「え？」

「あのイラストが……」

「うん、そうだよ」

話しかけてくれてうれしくて、思わずニコニコと答えた。「悩み相談」という言葉を真穂子が気にするかな、と思ったが、どうなんだろうか。表情からはよくわからない。

「明日からなんだ。毎週木曜日だから。よかったら聞いて」

「学校だし……」

「あ、そうだよね。できたらでいいから」

スマホのアプリであとから聞けるし。

「ごちそうさま」

真穂子はまたさっさと洗い物をして、自分の部屋へ行ってしまった。

「愛香、もう寝なきゃ」

夏代があくびをしている愛香を促して、居間を出ていく。その時、小さい声で、

「真穂子と話してきたら？」

と言った。

意を決して部屋に行ってみる。ノックをして、

「ちょっといい？」

と声をかけたが、返事がない。もう一度ノックして、「入るよ」と声をかけてから、ドアを開けた。

真穂子はふとんに潜《もぐ》り込んでいた。

これは、やっぱり「話したくない」という意志の表れだろうか。あの話をしたのは、お父さんに解決をしてほしかったからではないのか？

しかし、本当にそうだったのなら、あの時何も言えなかった自分が一番いけなかったのだ。ぶたぶたが言っていたように、「相性が悪いだけだから、あまり気にすんな」とでも言えたらよかったのに。

「真穂子……」

「あのことは、もう解決したの」

ふとんの中から、真穂子の声がした。

「お父さんが気にする必要なんてないの」

「でも……」

「もう大丈夫だから！」

むりやり起こして話をすべきなのか迷ったあげく、久世は、

「おやすみ……」

と言って、部屋から出てしまった。なんとヘタレな……。我ながら本当に情けない……。

夏代に話すと、

「今はあの子が話したくなるまで待とう。頑固だからね」

と言った。そうなのだ。それはわかっているけれど……。

とにかく、うやむやにしないように、いつも気にかけてやらなければ。それだけは忘れないようにしなければ、と思う。

6

そして、ついに放送日がやってきた。

ブースの中にぶたぶたがいる。彼専用の大きめクッションを、時音が買ってきて置いてあるので、ちゃんと顔が見える。柔らかい手でメモも取れるくらい、高さも充分だ。

「『朝エネ！』九時台の新しいレギュラーコメンテイターは山崎ぶたぶたさんです」

明日美の第一声に続いて、

「よろしくお願いします」

とても落ち着いた声で、ぶたぶたは挨拶する。さすが慣れている。緊張しているのかリラックスしているのか、顔つきからはさっぱりわからないが。

明日美が簡単な経歴《けいれき》などを紹介する。と言っても、ラジオのこととお店のことだけだった。過去はやはり謎のままだ。

「ブックカフェをやってらっしゃるんですよね」

「はい、ぜひいらしてください」

そんなこと言って大丈夫だろうか、とつい気にしてしまうが、果たしてこのラジオの影響力はいかばかりのものか。

「今日から始まります『ぶたぶたさんにきいてみよう』——お悩み相談を募集しましたところ、たくさんメールをいただきました。ありがとうございます」

本当にたくさん来たのだ。『午後のほっとカフェ』のリスナーさんも多い。

「最初のお悩みですが——」

明日美がラジオネームを読み上げる。四十代後半の男性からの悩みだ。

最近体力の低下を感じるようになってきました。普段から運動をしていないので、少し長く歩いたり、階段を使うだけで疲《つか》れてしまいます。これからさらに歳を取り、足腰が弱ってしまったら、と不安になります。

ジムに行っても、長続きしません。外を走るのも億劫《おっくう》です。家の中で気軽にできる運動方法はありませんか？

どうしてこの悩みを選んだのかというと、単にみんながぶたぶたのことを知りたいと思ったからだ。年齢とか体力とか、あるいは運動というか普段何してるのかとか。健康問題は生活に直結する。このメールをくれたリスナーには悪いが、ここにいる者は全員、ぶたぶたの生活を知りたがっているから選んだのだ。

「何か気軽な運動方法はないか、とのことです。ぶたぶたさんはおいくつなんですか？」

いいぞ明日美、自然な質問だ。ところが返事に驚かされる。

「だいたい四十代半ばくらいですね」

だいたい！　いきなり曖昧《あいまい》！　ていうか他人事《ひとごと》！　自分でもわかっていないのか？　ぬいぐるみだから!?

ブースの外を見ると、みんな同じように驚いた顔をしている。リスナーは今のを訊いてどう思ってるの？

しかし、時間も限られているし——深く突っ込みたいところだが、そういうわけにもいかない。

「……四十代には見えないですね」

「見えないね」

明日美とも顔を合わせてそんなことを言ってとりあえず進めるしかない。ううう、知りたいことといっぱいあるのに〜。

「でも、だいたいこのリスナーさんと同世代ということですね」

明日美はさすがに立ち直りが早かった。

「ぶたぶたさんは運動はしてるんですか？」

久世は話を戻したふりをしながら、自分の訊きたいことを訊く。

「特にはしてませんね。体重も変わりませんし」

体重変わった方が怖い。お菊人形かって。中のパンヤが減って、げっそりやせたりするんだろうか。

「そうでしょうね」

「食べると少し重くなるかもしれませんが」

「食べると⁉」

「そうですよ。みなさんもそうでしょう？」

ま、まあ、そうだね。体重測《はか》って確認したことはないけど。

「あんまり身にはならないんですけど」

ブースの外の人たちの心の声、「どう消化すんだよ」というのがありありと聞こえる。

「では、運動不足は気にしたことないんですか？」

「割と動いている方ではあります。動かないと用が足りないもので」

ああ……椅子に座るのでもジャンプしなきゃだし……普通の人間がしない運動というか苦労は絶対にしているんだな。

この会話、大丈夫なのか、とちょっと不安になってきた。悩みに寄り添うというふうにはならないのではないか？　いくら同世代とはいえ、身体が違いすぎて、悩みを解決なんてできないんじゃないか——と思いつつ、久世はとても楽しんでいた。たとえリスナー置いてけぼりだとしても、こちらが楽しいと思って放送していれば、きっとそれは伝わるはず。ぶたぶた自体はとても誠実な回答者なんだもの。え？　運動不足じゃないと断言しているぬいぐるみは誠実？　どっち？

「吉川さんはどうなんですか？」

一応訊いておく。

「わたしはジムに行って、ガンガン鍛《きた》えてます」

凝《こ》り性《しょう》な人なので、かなり入れ込んでいるらしい。

「ジムに行くっていう習慣が身につくまでが大変なんだよなあ」

「そうですね。何をするのもそこに行くまではめんどくささとの戦いですよね」

めんどくさいとか思うのか？　とたずねたいが、それをやるとどんどん脱線していく。ここは我慢しなければ。

「知り合いの五十代の女性の話によると、とにかく毎日続けられることを一つ一つ見つけるしかないって言ってましたよ」

人の身（この場合、本当に「身体」の意味）になっては考えられないかもしれないが、情報はたくさん持ってそう。

「その人、血圧が高くなってきて運動しなきゃなのに、すごいめんどくさがり屋で、ジムに行っても会費を無駄にするだけだし、走ったり歩いたりも雨が降るとやめちゃってたんですって。だから、とにかく家でできる運動を探して、少しずつできることを増やしていったんです」

「何をやったんですか」

「スクワットとその場足踏みって言ってたかな？　スクワットは自己流ではなく、正しいものをワンセット五回。その場足踏みはつまり腿《もも》上《あ》げです。ただし歩く速度くらいゆっくりで、ワンセット三分半。ゆるいですけど、有酸素《ゆうさんそ》運動なんだそうですよ。これらを一日二〜三回やったら、一年で体重が五キロ減って、血圧も正常値に戻ったそうです」

「時間かけてやせるとリバウンドしないっていいますよね？」

明日美はダイエット情報に目ざとい。

「でも、それは彼女がそれまで全然運動してなかったからで、それ以降は『全然やせない！』って言ってますよ。それでちょっと運動を増やしたらしいんですが、とにかく『毎日少しずつやる』というのだけ守っているそうです。だから、いろいろと手を出すんですが、できることしか残らないんです。それでも『やらないよりはマシでしょ』と言ってました」

「ということは、三日坊主でもいいからいろいろやってみて、自分が続けられそうなものを見つけるってことですか？」

「そうですかねえ。人によってはジムでトレーナーさんについてもらう、とか、何か器具を買ったからって方がモチベーションになることもあるでしょうが、気軽っていうのは、やめても後悔しないことなんだと思うんですよね。お金払ったからとか、せっかく買ったからとか思っても、やりたくないことはやりたくないでしょ。無理して続けて楽しくなるって可能性もありますけど、たいていそこに行くまでが大変なんですから」

「確かに家でできる筋トレとか、ストレッチなんかは調べればいくらでも出てきますよね」

久世は日隅のパソコンに表示された検索結果を見ながら言う。

「そういうのから少しずつやっていって、面白くなってきたら、次のステップに進めばいいんじゃないですかね？　ちなみに、知り合いの女性は、そこまでは行ってないみたいですよ。でも、運動の習慣はついたそうです」

「習慣にすることが一番難しいから、その点では成功と言えますよね」

思ったよりもずっと普通の回答になった。これでいいはずなのに、ちょっとがっかりしている自分に、久世は驚く。

7

こんなふうに、「ぶたぶたさんにきいてみよう」は始まった。

一ヶ月ほどたったが、リスナーからの評判はいい。「ぶたぶたさんは不思議な人」という感想がとても多い。「話していることがちょっとズレていて、いったいどういう人なんだろうと気になってしまいます」というのが、リスナーの意見の代表だろう。

今もコミュニティFMの本紹介コーナーをやっているのだが、そこだと外からよく見えるし、ぶたぶたの書店もすぐ近くなので、会いに来る人もたまにいるという。さすがにここは警備が厳重だし、外から中は見えないから、出待ちしていても外見を知らなければわからないだろう。

あっ、でもブログに「外見」は……い、いや、それをどこまで信じるかだけど……うーん、結論は出ないが、多分うちは大丈夫！

電話での相談も一度やったが、そうなると悩みは一つしか取り上げられない。なるべく二つは入れたい、とぶたぶたも言っていた。悩みは、スタッフたちが選んだいくつかの中から久世と明日美とぶたぶたがそれぞれ選ぶ。どれを取り上げるかは流れによって違う。当日に来たものも取り上げるから、ぶっつけ本番で答えることもある。

その日のメールもそうだった。ぶたぶたの提案なのだが、十代のリスナー――つまり子供の悩みにはなるべく答えたい、という方針がある。高校生の女の子から悩みが届いたのだ。

父について相談したいです。

私の父はとても忙しく、いつも帰りが遅いです。たまに私が塾で遅い時、夕飯を一緒に食べたりします。

その時にもっといろいろな話がしたいのですが、私はうまく話せません。父から話をしてきても、なんだか言っていることがよくわからないと、つい怒ったようなことを言ってしまいます。そして、あとで後悔します。私が変なことを話してしまって、それを気にしてしまっている時もあります。余計なことを言ったことを謝《あやま》りたいのに、何を言ったらいいかわかりません。

多分、父も私と同じように思っていて、でも父は私に話しかけようとしているのだと思います。私はそれもできません。

話しかけるのにはどうしたらいいですか？　そして、それ以外に私にできることはありますか？

「思春期だと、こういうのありますよねえ。かつて女子高生だったわたしにもわかります」

明日美が言う。

「どういう心境なのかな、女の子当人としては」

「単純に恥ずかしいっていうのはあると思いますよ。『こんなこと言って笑われたら』

とか『変な子だと思われたら』っていう自意識もどんどん成長する時期なんですよ」

「反抗期《はんこうき》ってことか」

真穂子もそうなんだろうか――と思ってメールアドレスの欄《らん》を何気なく見ると――こ、これは⁉

「そのうち『自分が何をしているかなんて、他人は思うほど気にしてない』ってわかるんですけどね。だから、何を言っても平気になるんですけど」

「そうなんだ」

返事が適当になってしまう。このメアドは、まさか、真穂子ではないのか？

「いかがですか、ぶたぶたさん？」

焦りをごまかすようにぶたぶたに話を振る。

「とてもいい子ですよね。自分のことばかりでもいいような年代なのに」

ぶたぶたにほめられた！

「それは多分、親御《おやご》さんがそういう子に育てたからだと思うので、そんなに心配しなくても大丈夫な気もしますけど」

「本当に大丈夫でしょうか？」

　この間の練習、ちゃんとやればよかった。まさか本番でこんなことになるとは。真穂子とはメッセージでのやりとりしかしていないので、もしかしたら違うかもしれない。でも――このアカウント名は、昔、真穂子についていたあだ名と同じなのだ。呼ばなくなってだいぶたつ。よく憶《おぼ》えてたな。呼んでいたの、幼稚園の頃だぞ。

　なんだかいやな汗かいてきた。

「でも、話したいとは思ってるんですものね。共通の趣味とまで行かなくても、何かないですかね。好きな食べ物とか」

「食べ物――」

　あっ、果物が好きだ、自分も真穂子も。でも、そこからどんな話にしていけばいいのか……。

　いや、この悩みは真穂子のものだった。自分の悩みじゃない。

「手紙やメールで伝えるっていうのもあると思いますけど、多分、もっと普通に話したいと思ってるんですよ」

　明日美が言う。

「他の人なら気にならないことでも、家族が相手だと妙にかまえてイライラしてしまって、うまく話せないことがあるんですよね」

それは、夏代が言っていたこととそっくり同じだった。

「どうしてそう思ってしまうんでしょうか？」

久世の問いに、ぶたぶたは、

「身近にいるのに、自分のことをわかってくれない、みたいに思うから、ですかねえ……」

と言った。

「一番わかってほしいと思うことの裏返しですか？」

「そうかもしれません。たとえば友だちと意見が違ったとしても、友だちと自分は違う人間だとわかっているから、違いを受け入れやすいですが、家族は半分自分のようなものので、わかってて当然みたいな気持ちがあるんじゃないでしょうか。意見が違うからイラつくというより、そもそもなんで違うこと言うの？　みたいな感じですかね……。それが先に立って気分がとがって、ちゃんと話ができない。相手と自分を同化させちゃうようなんですよね」

そう言われてみて、久世も昔、親にそんなことを思った記憶が甦《よみがえ》ってきた。確か反抗期の頃だが。夏代ほど口にはしないけれど、娘たちにも、そしてもちろん妻にも、そう思ったことがある。

自分の言っていることの方が正しいはずなのに、どうしてそんなに逆《さか》らうのか？

友だちや知り合いにはそんなことは思わない。まして言ってしまったらなんと傲慢《ごうまん》な人間だろう。でも、一番身近な人間だからこそ、そんなことも思ってしまう。自分と同化させてしまうくらい、親密な関係、あるいはそうなりたいということなのかもしれない。

「ぶたぶたさんちもそんなことありますか？」

すでに彼が妻子《さいし》持ちであることはラジオで言っていた。

「うちはね――同化するのにはかなりフォルムが違うので、そこで冷静になれている気がします」

フォルム……。

「違うなって常に実感してますから」

「そうですね、確かに」

くらいしかまだツッコめない！　江田早苗さんに、今度コツを訊こうかな⁉

「じゃあ、家族を友だちって思えば、ってどうでしょう？」

明日美が「ひらめいた！」という顔をする。

「それができれば、多分苦労はないんですよね、きっと。でも、実際はそんなに簡単なことじゃない。『友だち』とまで行かなくても、一歩引いて家族を眺めることは必要なことなんです、無理せず家族でいるために」

「なんかわたし、今でも家族を同化しちゃってる気がするんですが……。やたら家族とケンカばかりして」

うちはケンカというより、険悪《けんあく》なムードになる、という感じだな……。

「結婚しろとか言われて――」

「それは友だちも言ったりするの？」

「……いえ、友だちは言いません」

久世のツッコミに、明日美はしゅんとなる。

「それは友だちに言われてもケンカになるかもしれませんね」

「あー、そうか！」

明日美の笑い声につられて、みんなで笑う。

「結局、どうしたらいいんですか？　ぶたぶたさん」

「このメールの内容をそのままお父さんに話せばいいんです。なんなら読ませるとか」

もう読んでる！　多分。

「このメールが、うまく緩衝材《かんしょうざい》になってくれるんじゃないかなと思いますけどね」


その夜はかなり遅くなってしまったので、真穂子と夕食を食べることはできなかったが、まだ起きているようだった。

この間みたいに狸寝入り《たぬきねい》りでもされるかと思ったが、久世のノックに、「入って」という真穂子の声が返ってきた。

でもやっぱり、ふとんの中に潜り込んでいた。それを見て、「ラジオ聞いたんだな」と思った。

久世は部屋の床に座り、メールを印刷した紙を置く。

「メアド、あったんだ」

そう言うと、しばらくしてから返事があった。

「スマホ買ってもらった時、一応作っておけってお母さんが言ったから」

高校になってスマホにしたので、つい最近か。

「初めて知ったよ、真穂子のメアド」

バサッとふとんがめくれた。

「やっぱわかったの⁉」

「わかるよ」

そう言った久世の顔を、真穂子はじっとにらみつける。が、

「憶えてたんだ……」

と言って目を伏せた。

幼稚園の頃、とあるヒヨコのキャラが気に入り、「真穂ちゃん、この子のお姉さんになる！」と言って、「ぴよぴよた」と名乗り出したことがあったのだ。「た」がついているのにお姉さんなんだ——と思いながら、数ヶ月ほどそう呼んだ時期があった。メールのアカウントはまさに「piyopiyota」だったのだ。

「気にしてたんだよ」

と久世は言う。

「何を？」

わかってるはずだが、真穂子はすねたように横を向く。

「『ママのことなんとも思わないようになりたい』っていうのを」

「あのね……それは、解決したの」

「どうして？　お母さんと話したのか？」

「ううん。本を読んだの。そこに、『親子でも相性が悪い場合がある』って書いてあった。それがきっと、お母さんとあたしなんだって思ったの」

「なんの本？」

「居間に置いてあった本」

ああー。ぶたぶたがラジオで薦《すす》めていた本か。久世が買ってきたやつ。

「それを読んだら、『あ、そうなんだ』って思えたの」

真穂子はうつむく。

「だからもう、あの話はしたくなかったの。大したことない話なのに、お父さんが気にしてるのが悪くて」

「大したことないなんてないよ」

真穂子の悩みは、自分の悩みと一緒だ。と思ってもなぜか口に出すのは難しかった。

恥ずかしい。真穂子も顔が真っ赤だった。

俺たち、親子なんだなあ、と思った。自分にも夏代にも似ている。夫婦からあちこちいいところも悪いところも持ってきて、真穂子になっている。

「お父さん、疲れてるし……」

「疲れてないとは言わないけど、けっこう大丈夫だよ」

「そう……？」

半信半疑《はんしんはんぎ》という顔だ。

「そんなに悩んでこのメールを出したの？」

「それもあるけど……このイラストが、気になって」

真穂子は、机の上からノートを持ってきて、間にはさまったぶたぶたのイラストを取り出す。

「お父さん、大丈夫かなって思っちゃって」

――ん？

「悩み相談コーナーにメール来なかったらどうしようとか悩んでるのかなって思っちゃって、それでメールを出してみたの……」

「あー……」

これは、なんと答えればいいの？

「あ、これ見て」

スマホで写真を見せる。ぶたぶたと一緒にスタジオで撮ったものだ。

「ほら、同じだろう？」

「あ、ほんとだ……」

真穂子がどう解釈したのかはわからないが、

「山崎ぶたぶたさんは、ちょっと事情があってこういうぬいぐるみなんだよ」

ととりあえず言ったら、ちょっとほっとした顔をしていた。

「かわいい。声もいいよね……」

そんなこともぼそっと言う。

「いいよね。今度スタジオに遊びに来たら？」

そう言うと、真穂子はモジモジして、

「でも、やっぱりおじさんだし……」

と小さな声で言う。そのあと、真穂子が何を言いたいのか、わかった気がした。おじさんでも仲良くなれるかもしれない――かな？

「もう寝る」

突然、真穂子はそう言って、ふとんに潜り込んでしまった。

「おやすみ」

そう言って、久世は部屋を出る。台所に戻って思い出した。おみやげに新種のいちごを買ってきたことを言い忘れたと。大きくてとてもおいしいらしい。

「――まあ、それはいいか」

真穂子へのご機嫌取《きげんと》りじゃなく、みんなで食べればいいじゃない。みんなの好きなものなら、余ることもない。

食卓の上に、「いちごが冷蔵庫にあるよ」とメモを置き、久世は浴室へ向かった。

運命の人？

「九時になりました。『久世遼太郎の朝エネ！』九時台のコーナーは『ぶたぶたさんにきいてみよう』です。吉川さん、今日のお悩みは？」

「今日は、奥さんとうまくいっていない三十代男性からのメールです」

悩み相談コーナー『ぶたぶたさんにきいてみよう』では、番組パートナーの吉川明日美が相談メールを読み上げてから、そのメール内容を頼りに解決法を話し合うが、たまに電話でリスナーと話す時もある。

「お電話がつながっています」

直接話すとメールではわからない事柄もわかって、より具体的な悩み相談になる。

「もしもし、ラジオネーム『ヘタレ上等』さん、おはようございます、久世です。お電話ありがとうございます」

パーソナリティの久世が相談内容を確認する。

「『運命の人』だと思って結婚したのに、妻とうまくいっていない。その上、同窓会で会った昔の友だちを好きになってしまった——という相談ですね」

「そうです……」

ヘタレ上等さんの声は、緊張している。

「では、ぶたぶたさんとお話しください」

山崎ぶたぶたがマイクに向かう。彼は桜色のぶたのぬいぐるみだ。バレーボールくらいの大きさなので、椅子の上の大きなクッションに座っている。大きな耳の右側がそっくりかえっており、黒ビーズの点目がかわいい。突き出た鼻がもくもくと動くと弁舌《べんぜつ》さわやかに話し出す。

「おはようございます。山崎ぶたぶたです。よろしくお願いします」

「こちらこそよろしくお願いします」

「奥さんとのすれ違いがつらい、ということですね？」

「そうです。家で何をやっても妻からダメ出しされるし……『運命の人』だと思ってたんですけど」

運命の人——その言葉を聞くと、明日美は胸がつきりと痛む。この悩み相談も、心に刺さる。「『運命の人』だと思っていたのに」なんて。そんな言葉、聞きたくなかった。

「ぶたぶたさん、奥さんからダメ出しされる時はありますか？」

久世がたずねる。

「ありますよ。子供からも」

「僕もあります」

二人とも妻も子もある中年男性なのだ。ぶたぶたはぬいぐるみだけれど。

「こっちが出す場合はかなり気をつかってダメ出しをしています」

と久世。

「それは、倍になって返ってくるからですか？」

「まあ、ぶっちゃけそうなんですけど、ぶたぶたさんの場合はどうですか？」

「ダメ出しと気づかれないように言います」

きっぱりと言う口調がおかしかった。

「ぶたぶたさんに言われると、確かにダメ出しには聞こえないかもしれません」

久世が思ったことそのままという口調で言う。明日美も同感だ。この点目に言われれば、なんとなく納得してしまいそう。

「そんなことないですよ。子供には文句を言われたりします」

子供には通用しないのかな?

「奥さんの口調は厳しいですか?」

ヘタレ上等さんにたずねると、

「ええ、喧嘩腰《けんかごし》と言いますか、いつも叱《しか》られているような気分になります」

「ダメ出しされるのは、どういうことですか?」

「早く帰ってこないとか、やりくりが苦しいとか、育児を手伝ってくれないとか、家事の手伝いとかですね」

よくあることだ。とてもよくあること。奥さんも疲れているのだろう。

「いつ文句を言われるかと思うと、なんだか落ち着かないし、家にいたくないし……」

「それで、たまたま会った同級生を好きになってしまったんですか」

「そうですね……」

ヘタレ上等さんもだいぶ疲れているような声だった。

「悩みを整理した方がいいですよ」

ぶたぶたは言う。

「今何が、あなたの一番の悩みなんですか?」

そう問われると、ヘタレ上等さんは「うーん」とうなってしまう。言葉を失っているようだ。

「奥さんとすれ違っていることですか？　同級生を好きになってしまったことですか？　それとも、奥さんが『運命の人』ではなかったことですか？」

「それは……」

ヘタレ上等さんは、何が一番の悩みなのか結論が出ない。でも、悩みの根本は、奥さんとのすれ違いであることには気づいたようだ。

「奥さんとうまくいっていたら、同級生のことを好きになってはいなかったんじゃないですか？」

そう訊かれたら、「違う」とは言いにくい。妻と仲良しだったら、まだ「運命の人」と思っていたかもしれないんだから。

「離婚をする気はありません。子供がかわいいですから」

とはっきり言っていたので、

「それなら、同級生とのことはひとまず棚上げにして、自分の家庭のことを先に考えた方がいいんじゃないですか」

とぶたぶたは言う。

「人は楽な方というか、この場合は楽しい方ってことなので、つまり逃避《とうひ》できるところがあればそこに行っちゃうんですよね。それはね、いいんです。それでストレス解消できて、楽しくないことにも向き直れれば。ただ、その逃げ場所の選択を間違うと何もかも失うこともありますよ」

「……心当たりあるんですか、ぶたぶたさん？」

「ええ、いくつも」

ぬいぐるみなのに、なぜそんな壮絶《そうぜつ》なことを言う？

「僕にはないですけどね」

ふふっと黒ビーズの目をほころばせる。ぶたぶたは存在自体が壮絶だと思うのだが、それはとても言えない。

「とにかく、解決すべき順番を自分で決めて、その一つ一つに対処していくしかないですよ。同級生とつきあうのは別問題です。不倫の是非《ぜひ》は言いませんけど、どう考えたってめんどくさいんですから、離婚してから考えましょう。でも離婚したくないんだったら、おうちのことを解決するのが最優先ですよね」

奥さんとよく話し合うしか解決法はないように見えた。

「わかりました……」

自信のなさそうな声で、ヘタレ上等さんは電話を切った。

「大丈夫ですかね？」

ぶたぶたは心配そうだ。「続報あったら、メールください」とは言っておいたが、果たしてくれるかどうか。

「どうですか、吉川さん」

久世が話を振るが、

「わたし、どうしても『運命の人』って言葉が気になってしまって」

つい口に出してしまう。こういうこと言うから、「ちょっと痛い女」みたいに言われてしまうんだなあ。

「あこがれなんです」

もうアラサーなのに。

「あ、引きます？　ぶたぶたさん」

おどけてお茶を濁《にご》す、というのが定番の展開だ。

「いえいえ、そんなことないです」

ぶたぶたは優しい。

「あこがれは夢ですもん。ないよりずっといいです」

でも明日美は、夢が必ずかなうわけではない、とわかっていた。

それは昔、二十代前半の頃、「運命の人」と思った人にフラれたからだ。


正確に言うと、フラれてすぐは大ショックを受け、泣き暮らしたけれど、一ヶ月もするとケロリと気持ちが冷めていた。それがまたショックで、結局半年ほど立ち直れなかった。みんなに心配してもらって、かえって罪悪感《ざいあくかん》を抱いたほどだった。

そこで「運命の人」なんていない、と単純に結論づけられればよかったのだが、そうはいかなかった。「運命の人」ってなんなんだ、と思うようになっていった。仲のいいカップルや夫婦、パートナー関係など、互いに寄り添い、支え合い、愛し合う関係というのがどういうものか、というのを常に考えるようになってしまった。そういう理想的な関係を築いている人たちに、相手が「運命の人」だったのか、とたずねると、

「運命かどうかは、よくわからない」

みたいなことを言われる。「そのとおり」みたいに言われる時は、たいていふざけた感じだった。

「運命の人」は、そう思わないからこそ「運命の人」なのか。それとも当事者にはわからないものなのか。

明日美は実は惚《ほ》れっぽい。それでも「運命の人」なんて思ったことはなかった。そのフラれた彼氏に出会うまでは。

なのに、その恋はあっけなく終わってしまった。相手にとって自分が「運命の人」ではなかったということだけかもしれない。そして、今はもう、その人のことを「運命の人」とは思えない。

ならばどうして、いまだに「運命の人」という言葉にあこがれを抱くのか。

ぶたぶたと彼の謎の奥さん、というのは、明日美にとって理想的な夫婦としての直近で至高《しこう》の例だった。なんだっけ、こういうの……異種間《いしゅかん》結婚だっけ？　ファンタジーのような設定ではないか。設定じゃなくて現実だけど。でも、それこそ「運命」にふさわしい関係ではないか？

そんな人に悩みを相談できるチャンスがあるなんて！　彼がレギュラーゲストになる

と決まって、おそらく一番喜んだのは明日美だろう。顔には出さなかったから、きっと誰もわからないと思うが。

パーソナリティの久世から初めて話を聞いた時、なんとなく気になり、彼が出演しているコミュニティFMの番組を聞いてみた。本業が書店兼カフェなので、昼帯の中で本を紹介するコーナーを担当している。そこには「こういう本を読んでみたい」というメールも来る。あるいは「こういうことに悩んでいるから、それが楽になるような本を紹介してほしい」みたいなメールも。

ぶたぶたは、それに対して、とても丁寧に本を紹介する。

明日美も本を読むのは好きだが、本音を言えば、直接彼に悩みを相談したい。番組を聞いていて、そう思うようになった。

何しろ声がいい。そして、厳しいことも言うが、言葉や言い方が優しい。解決策を話すのは主にぶたぶたなのだが、番組パーソナリティの女性がとても明るいのもいい。おそらくメールをくれたリスナーの気持ちは、ラジオの向こうで楽になっているのでは、と思える説得力があった。実際にそういうお返事メールが紹介されることもある。

明日美は、キー局をやめてから主にテレビを中心に仕事をしているが、このところ行き詰まりを感じていた。テレビとなるとどうしてもアシスタント的な存在になってしまうし、メインMCの番組も終わってしまった。メディアに頻繁《ひんぱん》に取り上げてもらうことはありがたいが、ネットで叩かれることも多い。

仕事は今はたくさんあるけれど、将来に対しての不安が日々積み重なっているのを感じている。声を使う仕事は大好きなので、それ以外をやりたいとは思わないが、結婚願望はある。だが、なぜか恋愛が長続きしない、というのも悩みの一つだ。今つきあっている人はいないが、終わりが近いという勘《かん》だけは昔から鋭《するど》い。

番組が始まって、的確に悩みに答えていくぶたぶたに、ますます話を聞いてもらいたい気持ちが高まる。しかし、なかなかきっかけがつかめない。二人きりになるなどむろん無理だし、ぶたぶたはお店があるので、番組が終わるとすぐに帰ってしまう。どうにかして相談したい。いっそ、自分とは明かさず、メールを出そうか、と思ったが、全部書いたらきっとすぐにスタッフにバレてしまう。悩みを我慢できないたちなので、周囲に同じことを言っているからだ。

半分ネタのようにしているので、基本みんなスルーなんだけど。明日美も、真剣に相談に乗ってくれなくていいと思っている。聞いてくれるだけで、それなりに気は紛《まぎ》れるから。

ただ根本は解決していないので、たまに「この人！」と思える人に聞いてもらって、解決策を見出そうとしている。占《うらな》い師やカウンセラー、医師や芸能界の先輩など、様々な人に聞いてもらう。しかし、いまだ迷走は止まらない。と、自分では思っている。

今回の「この人！」こそ、山崎ぶたぶたなのだ。

これは、ぶたぶたがぬいぐるみであることが関係しているのか、それともラジオを聞いた時の直感からなのか、というのはわからない。


そんなある日、やっとチャンスが巡ってきた。

ＡＤの野口時音が、

「ぶたぶたさんの歓迎会をやります」

と言ってきたのだ！　いつやるのかと気になってはいたが、けっこう早かった。

どうにかしてゆっくり話を聞いてもらいたい。隣に座ってお酌《しゃく》――い、いやぬいぐるみだから、お酒を飲むのは……どうなの？　スタジオで普通にジュースを飲んだり、お菓子とか食べているけれど。

初めて見た時はびっくりした。「好きな飲み物をどうぞ」とすすめられて、紙パックのジュースを取った。どうするんだろう、と見ていたら、濃いピンク色の布が張られた手先でストローを普通に挿《さ》して、鼻の下に当て「ちゅー」と吸い始めたのだ！　それだけなのに、殺人的なかわいさだった。

もちろん、みんな気づかれないように注目していた（気づかれていただろうけど）。小分けされたお菓子の袋を破く時ですら。それも器用に開けて、食べていた。頰《ほお》が微妙にもぐもぐしているのも含めて、驚く。一度お弁当をすすめたら、「食べてきましたので」と断られたことがある。お箸は、あの分では使えるのだろうけれど、まだ見たことがない。

それより、何を相談するかだ。たくさんあって迷う。明日美は、自分で自分がわからなくなることが、たくさんあった。不安でたまらない。いっそそれを相談したいくらい。「悩みごとがいっぱいあって困る」。ヒマな時間があるとそればかり考えるから、たくさんスケジュールを入れているくらいなのに。仕事もプライベートも。それでも悩む。

「充実してるね」

みたいな言葉を「嫌味《いやみ》!?」と思ってしまうくらいには病《や》んでいる実感もある。

「病院に行ったら？」とか言われたらどうしよう……。海外のセレブだったら、カウンセリングに気軽に行ったりするんだろうな。でも、実は明日美も行ってはいる。信頼できるカウンセラーさんのところに月一で。だがそこでも手に負《お》えなくなったら、やはりなんらかの病院……ということになるだろうか。今のところ大丈夫みたいだが。

どんどん想像というか妄想《もうそう》がふくらんでしまうのも自分の悪いクセだと思う。

「悩みを整理した方がいいですよ」

ぶたぶたが言っていた。

「今何が、あなたの一番の悩みなんですか？」

それを踏まえると、やっぱり「不安なことばかり考えてしまう」だろう。いつも感じている不安をなくしたい。

あ、あと「愛が重いと言われるのをどうにかしたい」というのもあった……。結婚したいけど、恋愛が長続きしないのは、おそらくこれのせいなのだ。

わたしは、もう少し軽い女になりたい。いやっ、これでは違う意味になってしまうけどっ、そうじゃなくて——もっと軽やかに生きたいのだ。もたもたと重い足取りで用心深く歩くのではなく、軽いフットワークで細かいことも気にしないで、さわやかに駆け抜けたいのだ。

　歓迎会当日。

　局近くだが、おいしい和食のお店をスタッフが選んでくれた。明日美もよく利用する。ここならぶたぶたも喜んでくれるだろう。

　しかしもう一つ、みんなが注目しているのは、「ぶたぶたがどういうものを食べるのか」ということだ。たとえば麺《めん》なんかはどうするのか、とか、熱いものは食べられるんだろうか、とか。何も気にしていないのを装《よそお》って、みんな興味津々なのだ。

　幹事《かんじ》の時音に話を訊いてみる。

「好き嫌いのこととかぶたぶたさんに訊いたの？」

　お店を決める上で主役の好みを訊かないわけにはいかない。何が嫌いなのか、というのにも興味ある。

「『好き嫌いないから、なんでも大丈夫です』とおっしゃってました」

「……ないんだ」

「ないそうです」

時音との間に微妙な空気が流れる。

「食べるのも料理も好きとかおっしゃってましたよ」

「ええー！」

あのふわふわの手で料理って――想像つかないんですけど！　わたしも料理するけど、わたしよりうまかったらどうしよう！

初めて会った時にした握手――小さくてふわふわの手が忘れられなかった。あの時、実はちょっとビビっていた。目の前の光景が信じられなかった。でも、久世と高根沢以外がみんなそういう目で見ているのに気づいて、いち早く声をかけた。

なんだか途方に暮れた小動物そのものだったからだ。

でも、一緒に番組をやっていくうちに、小動物なんてとんでもない、とわかってきた。悩み相談への答えは的確だし、ぬいぐるみとしての視点も入って聞いていて楽しい。それは、ぬいぐるみだと知っているからかもしれないが、知らないリスナーたちからの評判もいい。

何よりぶたぶたの人柄がとてもいい。はっきり言って完璧な人だ。思慮分別《しりょふんべつ》にあふれ、優しい気づかいのできる人。家族を大切にしている働き者。そして語り口穏《おだ》やかないい声の持ち主。

ぬいぐるみじゃなければ、好きになっていたかも。ぬいぐるみだから、男性として好きというより、かわいいゆるキャラ的な好きでいられるのがありがたい。

今日はとにかく、仕事以外の話がたくさんしたい。


放送日ではない日の夕方、仕事等で遅れる人以外、店に三々五々《さんさんごご》集まってくる。奥の座敷はほぼ埋まっていた。けっこうな人数だ。ぶたぶたの周りにはたくさんの人が群《むら》がっている。いやな予感がした。明日美みたいな気持ちの人が、思ったよりもたくさんいるのか、それとも単に飲みたいだけなのか、測りかねる。幸い隣には座れたけれど。

料理のメインはもつ鍋だった。スープがおいしく、臭《くさ》みのないもつはとろける。明日美も大好きだ。

「わー、もつ鍋久しぶりなんですよ」

と、牢名主《ろうなぬし》のように重ねた座布団の上に座ったぶたぶたは言う。一瞬にして「食べたことあるんだ……」という空気がみんなの間に流れる。

幹事の時音を呼んで、ヒソヒソ話しかける。

「ねえ、ここのもつ鍋のもつって豚だよね？」

「はい、そうです――あっ⁉」

気づいた時音はショックを受けたような顔になる。

「ぶたぶたさんに悪いことしちゃったかな……でも、豚肉は食べられないって言わなかったし……」

オロオロとつぶやく。

「やっぱり共食《ともぐ》いなんでしょうか？」

そう言われると、明日美も心配になってくる。しかしぶたぶたは特に気にしているように見えない。久世や高根沢や日隅と、楽しそうに鍋談義をしている。

「鍋は好きですよ。よく家でも作ります」

やっぱり作るんだ……。

「うちもよくやります。好きなのは豚しゃぶ――」

と言って久世もハッとした顔になる。

「うちもそうですよ。家でやるなら豚しゃぶですよね～。牛は奮発《ふんぱつ》して外で食べるか、いい肉をいただいた時だけです」

「そ、そうですよね！」

なんとなくほっとしたような空気が漂う。

「平気みたいよ……」

「そうですね……」

時音とここそこそ言い合う。

「ぶたぶたさん、飲み物は――」

日隅の問いに、また二人で緊張する。何を飲むのか。

「お酒のこと、訊いてなかった。ぬいぐるみだしー！」

時音がくやしそうに言う。

「あ、ビールでお願いします」

ビール！　いや、ジュースをいつも飲んでいるのでそんなに驚かないが、いつもは紙パックのをちゅーちゅー吸《す》っているのだ。そういうのしか飲めないんだろうか、と思っていた。しかし、普通にお菓子も食べるから、口は――どうなっているかはやっぱりわかっていない。

ビールはストローで飲めないけど、どうするの？

みんなの前に、それぞれの飲み物が置かれる。ぶたぶた、なんと中ジョッキだった。身体の半分ほどもあるではないか。

すべての目が、ぶたぶたに注《そそ》がれている気がする。当人は楽しそうに周囲の人と話しているだけだが。

乾杯の音頭《おんど》は関プロデューサーだ。

「ぶたぶたさん、今日は来ていただいてありがとうございます。コーナーの評判も上々です。これからもよろしくお願いいたします。乾杯！」

ぶたぶたは顔を真上に向けるようにして、口があるであろうあたりに中ジョッキをくっつけた。ごっごっごっとジョッキの中のビールが減っていく。すごいすごい。手品みたい！

みんなも自分の杯に手もつけずに、固唾《かたず》を呑《の》んで見守っている。

あっという間にぶたぶたのジョッキは半分になった。思わず拍手をしたくなるが、ぐっと我慢する。

店員さんが鍋を運んできて、火をつけた。

「野菜がクタクタになったら食べ頃ですから」

ぶたぶたはお通しを食べている。きゅっとシワの寄った手先で箸を握って、器用に使っていた。ちょこっとつまんで、ぎゅっと口のあるあたり（さっきビール飲んでいた場所）に箸で押し込んで、ちゃんともぐもぐしている。そういえば、「食べると少し重くなる」と言っていた。その時はごく当たり前だと思ったが、さっきのビールの量からして割合がおかしくなかろうか。人間にあてはめると、体重の半分くらいの水分を摂《と》ったということにならないか？

なんであの時納得したの、あたし!?

「おいしいですね、このお通し」

ぶたぶたのうれしそうな声にはっとなる。

「ここの料理、おすすめなんですよー」

明日美もあわてて食べる。今日は昆布《こんぶ》と長芋《ながいも》の和《あ》え物《もの》だ。コース料理なので、普段選ばない料理も並んでいて、楽しい。

「あっ、この唐揚《からあ》げ、衣《ころも》さくさく」

鶏もも肉を一枚丸々揚げて細切りし、ピリ辛《から》なタレで食べるここの唐揚げは、昔からある名物だ。若い頃はよく食べたけど、最近は控えていた。でも、ぶたぶたのうれしそうな声につられて食べてしまう。うー、やっぱりおいしい！　ぶたぶたはなんでもおいしそうに食べ、ビールもぐびぐび飲む。お腹から染《し》み出ないのか？　どうなってるの？　ブラックホールでもあるの？

「もつ鍋、もういいですよー」

店員が鍋の様子を見て、声をかけてくれる。忙しくてぶたぶたに気づいていない？

「お注《つ》ぎしますね」

鍋に届かなそうなので。

「あ、ありがとうございます」

ぷるぷるのもつを小皿に盛りながら、やはり、共食いにならないのだろうか、とつい思ってしまう。

「おお、おいしい」

もつをパクパク（口は見えないけど）食べているぶたぶたを複雑な思いで見守る周囲の人々。そんな素振《そぶ》りを隠して、明日美は質問をする。

「もつはお好きですか？」

「好きですよ。ホルモン焼きとかも。家ではさすがに使いませんけどね」

そう言ってニコッと笑った。――ように見えるのには、もう慣れた。

「え、料理されるんですか？」

しらばっくれて訊いてみる。

「しますよ。好きですからね」

さらっとそんなことまで！　何、やっぱ完璧！　料理まで好きだなんて！

待てよ、でもいわゆる「男の料理」ってことではないのか？　採算《さいさん》度外視な。

「どんなもの作るんですか？」

「普通のごはんですよ」

「得意なものは？」

「得意っていうか、最近よく作るのは、餃子《ぎょうざ》ですかね。いっぱい作って冷凍してます」

なんと作り置きまでしてくれるの!?

「おいしそう」

と言ってから、えっ、包《つつ》むの？　この手で？　というか、混ぜるの？　この身体で？

身体が肉やニラまみれにならない？

もっとくわしく聞きたかったが、関プロデューサーがお酌しに来た！

「さー、どうぞどうぞ」

「ありがとうございます」

「あ、お酒変えます？　ここ、焼酎《しょうちゅう》や日本酒もそろってますよ」

「いいですねえ」

いける口らしく、嬉々《きき》としてメニューを見ている。焼酎好きな関や大酒飲みの高根沢がこぞっておすすめを指さす。

明日美はあまり酒にくわしくないし、強くもないので、見守るしかない。ううう、いきなり相談は失礼かしらと思って料理の話なんてしたんだけど、他の人もぶたぶたとしゃべりたいよね。どうしたらいいんだろう……。

だいたいこの騒《さわ》がしい状況で相談というのも、無理があるだろうか。あるよね——そりゃあやっぱり。

いったいどうしたら、落ち着いて相談できるだろうか。メールを——番組にではなく、本人にするしかないか。でも、メアドもメッセージのアカウントも知らないのよね……。高根沢に訊くわけにもいかないいし。教えてもらうのは、個人情報の漏洩《ろうえい》になるんだろうし。

なんとか二人で話せる状況を作って、別の場を設《もう》けさせてもらう、というのは可能かしら。

ぶたぶたは相変わらずもりもり料理を食べ、お酒もたくさん飲んでいる。飲んでも全然変わらない。それはぬいぐるみだからわからないだけ？

「ぶたぶたさんってどこに住んでるんでしたっけ？」

高根沢がたずねる。ぶたぶたが言った駅の名前は、なんと明日美も利用している路線ではないか！　自分の方が手前で降りるし、飲み会の時はついタクシーを利用してしまうが、今日は絶対電車で帰る！

これはチャンスかも。帰りがてら相談するって、けっこう自然ではないか？

割と最後までつきあう方ではあるが、今日はぶたぶたに合わせよう。お酒飲んでるってことは、車じゃないってことだもんね――って、ぬいぐるみが車の運転なんかできるわけないか。

一次会は九時にはお開きになり、二次会はスタッフ馴染みのカラオケスナックへ行った。ほぼ貸し切り状態で、あまり他のお客さんがぶたぶたを見て驚かないようにと、時音が気をつかってくれたのかもしれない。スナックのママやマスターは驚いていたが、この人たちは口が固いとわかっているので、気兼ねなく話もできる。

ぶたぶたは、ママ自慢の煮込みや漬物《つけもの》も「おいしいおいしい」と食べていた。さっきあんなに食べたのに。ママはとてもうれしそうにそんなぶたぶたを見つめていたが、どちらかというとマスターの方が彼から目が離せないようだった。ぶたぶたは、人たらしだなあ、と思う。

明日美もそんなことを言われることがあるが、実はそれは、いわゆる〝養殖《ようしょく》〟だ。人付き合いが苦手な方なので、そういう天然の人当たりいい人の真似をしている。しかし、ぶたぶたの真似は難しすぎる。まずあの外見あっての人たらしだもの。

十一時過ぎには二次会は終わり、そのあとも引き続き飲もうという人もいたが、ぶたぶたは、

「電車で帰ります」

ときっぱり言った。明日もお店があるしね。

「あ、じゃああたしも今日は帰ります」

やっとチャンスが巡ってきた！　いつもはなんとなくつきあうのだが。

「えー、明日美ちゃん、行こうよー」

関プロデューサーがちょっとごねたが、他にも帰るスタッフがいたので、あっさり解放してもらえる。

というか、ぶたぶたが「帰る」と言ってくれたことで、帰りやすくなったというのがあった。みんな早く帰りたいけど「なんとなく」とか「仕方なく」上の人につきあっていたところもあるんだろう。

「ぶたぶたさん、お送りします」

幹事の時音が言うが、

「滅相《めっそう》もない。一人で帰れますよ。電車もまだあるし」

びっくりしたような顔で言う。

「あたし、路線が同じなので、ご一緒できますよ」

「えっ、タクシー使わないんですか？」

そんなツッコミされて、ちょっと焦る。

「電車があれば、それで帰りますよ」

実はそんなに気づかれないのだ。今日はもうコンタクトをはずしてメガネにしてしまっているし。オーラないのかな、とちょっとだけ気にしている。

時音はちょっとほっとしたような、でも残念なような顔をした。彼女も何か相談したいのかもしれない。

終電近くの混み合う駅を二人で歩く。ぶたぶたは明日美の前を歩いている。どっちが先導するかはちょっと迷ったが、後ろに着いてもらうと絶対に見失う、と思って、前を歩いてもらうことにした。

この時間の駅は、ちょっと殺気立っていたりする。みんな足早だし、人混みをむりやり駆け抜けていく人もいる。明日美としてはいつぶたぶたが蹴《け》っ飛ばされるか、気になってしょうがない。しかし彼は、巧《たく》みに人の足を避《よ》けていく。後ろから見ていると、なんだろう――障害物を避けてゴールを目指すゲームをやっているような気分になる。

あまり気づかれないのにも驚いた。自分ではない、ぶたぶたがだ。たまにギョッとした顔で見る人もいるけれど、人波に紛れてすぐに通り過ぎてしまう。その時の顔が少し面白かった。一瞬の幻《まぼろし》として処理してしまうんだろうな。明日美だって、駅で会ってもきっと、「気のせい」としか思わないだろう。

駅のホームもごった返していた。えええ、やっぱりこんな状態では、話なんてできないではないか。思惑《おもわく》が外れた。タクシーに二人で乗って、そこで話せばよかったかな。でも、運転手さんに聞かれるのも恥ずかしい、と考えてしまったのだ。だって、タクシーの中でぬいぐるみに向かって悩み相談なんて、どんなこと思われるかまったくわからない。

入ってきた電車がまたぎゅうぎゅうな状態で、思わず、

「ぶたぶたさん、乗れますか？」

と訊いてしまう。

「大丈夫ですよ」

軽く答えが返ってくるが、

「だ——お持ちしましょうか？」

「抱っこしましょうか？」とはとても口に出せない。

「いえ、実は下の方にいるほうが楽なんですよ」

そんな風に言われて、あっけにとられる。隣のおじさんも同じような顔をしていた。盗み聞きしていたらしい。

そのとおり、電車に乗ったら明日美はぎゅうぎゅうだったが、ぶたぶたは下の方でカバン（いつも黄色いリュックサックを背負ってくるのだ！）を探る余裕もあった。

「吉川さん、大丈夫ですか？」

そんな気づかいをされるほど。

「へ、平気です」

と答えたけれど、朝並みの混みようだ。

その時、電車が減速を始めた。

「赤信号なので停車します」

とアナウンスが流れてから、しばらく電車は停《と》まったままだった。車内がざわつき始める。

「何かあったのかな」

と下の方から声がする。

「なんでしょうね」

そう言ったとたん、電車は動き出したが、スピードはゆっくりだった。

「車両トラブルで、前の電車停まっております。次の駅でしばらく停車いたします。お客様にはご迷惑をおかけします」

次の駅で電車は停まったが、一向に発車する気配がない。

「復旧の目処《めど》がつき次第、発車いたします」

お客さんはそれを聞いて、電車から降りていく人が多かった。車内が空《す》いたのはいいけれど、このまま電車に乗っているのも不安だ。

「こういう時、困りますよねえ」

そう言いながら、ぶたぶたはスマホを操作している。あの布の手で使えるんだ……。

さすがにそれには気づく人がいた。固まってガン見している人もいる。

「『長引きそう』ってネットでは言われてますけど、ちょっと駅員さんに聞いてきましょうか？」

「あっ、あたしも行きます」

ぶたぶたに続いて明日美も電車から降りる。改札のあたりでは、人がごったがえしていた。駅員に詰め寄っている人やそれを止める人など、かなりカオスだ。

近寄りがたい雰囲気だったが、電車停止については、手書きの貼り紙が出ていた。

「原因不明の車両停止？」

停まっている電車をどうにかしないと、後続のも動けない。

「こんな時間ですし、タクシーで帰りましょうか?」

「そうですね……」

もうタクシーの中で話すのを覚悟しないといけないか。

と思ったが甘かった。乗り場には長蛇《ちょうだ》の列ができている。臨時バスもあるようだが、それもいっぱいだ。

「うーん……」

ぶたぶたは腕を組んでうなっている。つまり、短い手を前で思い切り交差させて、身体中にシワを作っている、ということだが。

「吉川さんはタクシーの列に並んだ方がいいですよ」

「え、ぶたぶたさんはどうするんですか?」

「僕は歩いて帰ろうかと思ってます」

「ええっ」

「数駅ですし、この路線沿《ぞ》いにずっと道が通ってるから、迷うことはないので。この列じゃ、待ってタクシーで帰っても時間的にはほとんど変わらないんじゃないかな」

「じゃ、じゃああたしもご一緒します！」

あたしの駅の方が手前だし！

はっきり言ってぶたぶたが普通の人間の男性だったら、明日美はタクシーで帰るだろう。これは事務所から言われていることで、写真週刊誌対策だ。でも、ぶたぶたぶただったら大丈夫なはず。だって写真を撮っても明日美の隣にはぬいぐるみしかいないんだから！

しかも、それならおしゃべりしながら帰れるじゃないか！

「ええっ、でも何かあったら、僕じゃあまり頼りにならないですよ」

ということなら、

「通る道は明るいし、ずっとしゃべりながら帰りましょうよ。それなら怪《あや》しい奴は警戒します」

線路沿いの道は夜でも煌々《こうこう》と明るい。それは昔、帰宅困難時に備えた取材の時、この路線のことも調べたので知っている。住宅街で静かだが、家が途切れることもない。ぶたぶたと話していると、「独り言《ひとりごと》を言いながら歩いている」とこっちが怪しまれるかもしれない。

「その靴《くつ》で平気？」

「大丈夫です！」

今日の午後はジムへ行ったので、ランニング用のスニーカーがあるのだ。パンツだし、ただ履《は》き替えるだけで歩くのには充分。

「これで歩けます」

ぶたぶたにスニーカーを見せて、さっそく履き替える。

「明日の予定とかも平気ですか？」

「明日の仕事は夕方からです」

出かける前に充分睡眠《すいみん》を取れば、問題ない。

「じゃあ、行きましょうか。僕のうちまでだいたい一時間から一時間半——二時間はからないと思っているので、吉川さんの家にはもっと早くつきますよ、きっと」

ぶたぶたにくっついて歩き出す。割と人通りは多い。他にも歩いて帰る人がいるのかも。

ぶたぶたのしっぽが結ばっているというのは知っていたが、歩くとかすかに揺れるところがかわいい。

「疲れたら言ってくださいね」

「ぶたぶたさんこそ」

「僕は大丈夫ですよ」

どう大丈夫なのか、よくわからないのだが。でも、軽いから、きっと足に負担がかからないんだろう。


静かな住宅街に、ぶたぶたの足音がかすかに響く。たしたし、という感じだ。自分の足音には風情《ふぜい》がないなあ、と苦笑する。

歩き始めてすぐに、明日美は口火を切った。

「実はずっと、ぶたぶたさんとお話をしたいと思ってたんです」

「そうなんですか？」

「まあ、悩み相談したいなって思ってたんですけど」

ぶたぶたは、明日美のその言葉にしばし黙った。

「僕は、まだちょっと迷いながら番組に出てるんですけどね」

そう言われて、少なからずショックを受ける。

「やっぱりどうしても『僕でいいのかな？』って気持ちがあるので」

「そんなことないですよ！　とても評判いいのに」

「ラジオの評判がいいのにはホッとしますけど、自分が答える資格があるのかっていうのは、きっといつまでも消えないんじゃないかと思うんです」

夜道を歩きながら、そんな話をする。あれ？　これでは、ぶたぶたの方が悩んでるみたい。

とはいえ、口調は明るく、悩みというより「ぼやき」のようだった。

「答えるって考えるから悩んでしまうみたいなところもあるので、とにかく『聞く』ってことに徹しようとは思っているんですが。それが自分に一番できそうなことではあるし」

ぶたぶたの「悩み」には一応結論は出ているようだった。

「そういう心構えを忘れないようにしないと、とはいつも考えています。あっ、お話を聞きたくないとか、そういうんじゃないですよ！」

あわててそう言って、手をぶんぶん振る。

「わたしも、悩みというかぼやきみたいなものなのかもしれないんですけど――」

今いろいろ不安に思っていることなどを、ぶたぶたに話す。

最初は独り言を言っているみたいでちょっと恥ずかしかったが、歩きながら淡々としゃべっていると、次第に集中してきた。ぶたぶたが静かに聞いてくれるのが、またいいのだろう。

「この間、ぶたぶたさん、『悩みを整理しましょう』みたいなことをおっしゃってたじゃないですか。それで二つに絞ったんです。『不安なことばかり考えてしまう』と『愛が重いと言われるのをどうにかしたい』」

「愛が重い――」

ぶたぶたのビーズの目が見開いたように見えた。

「そっちに注目しますか？」

「いやいや、『不安なことばかり考えてしまう』というのは、今みんな抱えていることだなあ、と思って。うちの店に来る人は若い人もお年寄りも、みんなそう言いますよ。昔は何も考えていない若い子って多かったけど、今はそんなに不安で、表面は楽しそうにしてるけどちょっとかわいそうだなあって思います」

「若い子ってどれくらいですか？」

「中高生はもちろん、二十代の子も多いですよ。何も考えていない子もいるんですけど、小学校の高学年くらいになると、考えるようになりますね。親の不安がわかるのかもしれないですね。あと、うちの店に来る子は読書好きで、そういう子は考えること自体好きだから、その中にどうしても不安要素は入ってくるんですよね」

みんな不安、というのは、明日美も感じている。昔のことはよく知らないが、バブル期とかそういうのはなかったんだろうなあ。

「でも、漠然《ばくぜん》とした不安みたいなものは、やっぱり若いから抱くんですよ」

「どうしてですか？」

「歳を取ってくると、不安が実体化してくるからです」

うっ、と明日美は言葉を失う。

「漠然とした不安でなく、それが現実として襲《おそ》ってくるので、対処するので精一杯になります」

「ええー……」

「あるいは潔《いさぎよ》くあきらめるか。そっちの方が楽かもですよ」

「わたし、あきらめたくないです」

そう口をついて出た。今感じている不安は、結局自分の欲望の表れだ。結婚したい、とか、きれいでありたい、とか、いい仕事をしたい、とか、人に認められたい、とか――そうなれないんじゃないか、という不安。

「不安を原動力に、がんばってるようなものなのに――」

「そうそう。若いとそれができるんですよ。だから、ある程度不安は必要なんです。ストレスをゼロにするより、ある程度のストレスを上手に解消しながら生きる方が活力につながるって説もありますからね」

「若くなるとどうなるんですか？」

「不安を原動力にするのもエネルギーがいるんです。普通に生きるだけでも、たとえば身体の調子が悪いとか、仕事の効率が悪くなるとか、すぐに疲れちゃうとか、そういうストレスがたまるので、余計なストレスを抱えないようにシフトしていくんです。だから、いろいろなことをあきらめるということができるようになってくるんですね」

「それが人として自然なことなんでしょうか……」

若さや美貌《びぼう》にしがみつくようにしている人に、「痛さ」を見ることもあるけれど。

「僕は人じゃないから、ほんとはよくわかんないんですけどね」

ええー⁉　……いや、わかっていたことだけど、叫びたくもなる。

「友だちとかから聞いたことを話しているだけです。僕と話していると、話が整理できるらしいですよ」

「それはなんとなくわかります」

点目か。あの点目にその力があるのか？

「どんなふうに生きていっても、別にいいと思いますよ。それは他の人がとやかく言うことではない。その人が苦しんでいないのなら」

それはぶたぶたに言われると、すごく説得力がある。だが、

「自分が苦しんでるってわからない人はどうしたらいいんですか？」

そんなことを言ってしまってから、ハッと気づく。わたしもかつてそんなことを感じたことがある。

「うーん……信頼できる人の話をよく聞く、とか、それくらいしか言えませんけどね。本人が気づかなきゃどうにもならない」

ほんと、そうだ。

途中、コンビニに立ち寄った。

「飲み物でもどうですか？」

「そうですね」

喉も渇《かわ》いてきたし、ひと休みしてもいいかも。

「いらっしゃいませー」

若い男性の店員さんがどんな反応をするのかちょっとわくわくしていた。しかし、ギョッとした顔はしたが、思ったほどあわててはいないようだ。

「夜中のコンビニは、いろいろな人が来ますからね」

ぶたぶたは言うけれど、彼は「いろいろ」を超越《ちょうえつ》して特別ではないだろうか……。

「あと、眠そうですよね」

そうか、それで夢かと思ったかと。

「何にしようかなー、あー、こんな時間にコーヒー飲んだら眠れなくなるかもしれないけどー」

とぶたぶたは言いつつ、カップのコーヒーとあんまんを買う。明日美も真似する。だってておいしそう！

「自分でやりますよ」

ぶたぶたはそう言ったけど、明日美がコーヒーマシンを操作する。ちょうどいい台がなくて、スイッチに手が届かなかったのだ。

「ありがとうございます」

ぶたぶたにお礼を言われると、なぜかうれしい。すごくいいことをした気分になるのだ。どうしてだろう。とても不思議だ。

二人でコーヒーとあんまんを手に、コンビニを出ようとした時、

「あのっ」

意を決したような声がした。

「すみません、握手してくださいっ」

店員さんが手を差し出しながら、近寄ってくる。ほら、やっぱり。ぶたぶたさんには注目しないわけにはいかないでしょ？　それにしてもいきなり握手とはチャレンジャーだな。初対面でそれは、なかなかハードル高いのではないか。って、あたしもそれやってた！

「吉川明日美さんですよね？」

は？

「あ、はい……」

自分に来るとは思っていなかったので、すごく気の抜けた返事をしてしまう。

「よかったー、大ファンなんです！」

「あ、ありがとうございます……」

握手をすると、彼は三回ほど手をブンブン振って、ぱっと離した。

「すみません、お忙しいところ、お引き止めしてしまって。気をつけてお帰りください」

そう言って、お辞儀をしてくれた。

「こ、こちらこそ、夜遅くのお仕事がんばってください」

「はい、ありがとうございます」

なんだか混乱したまま、明日美はコンビニを出た。店員さんはまだこっちを見ていて、手を振っていたので、振り返した。

「ファンの方だったみたいですね」

ぶたぶたがコンビニと明日美を見比べながら言う。

「そうですね……」

まさかここで声をかけられるとは思わなかった——と考えて、常に意識していたことを今夜は忘れていたと気づいた。人目があれば、注目される。意識せずに行動していると、あとでSNSに書き込まれるかもしれない、といつもなら気を張っていることを。

あるいは、自意識過剰だったことを。

自分よりも、ぶたぶたの方がずっと注目されるのが当然と思い、それを簡単に受け入れられるって、どういうことなんだろう。というか、あたしはそれを受け入れるのが難しいと感じていたの⁉

うわー、やな奴じゃん……。

とはいえ、わかっていたのだ。そういう自己顕示欲《じこけんじよく》はこの業界ではある程度必要だから。でもそれが同時に諸刃《もろは》の剣《つるぎ》というのもわかっている。

あたしはその薄刃の上でのバランスの取り方が、わからないのだ。わからないまま、どちらかに倒れてしまうことを恐れている。

お行儀《ぎょうぎ》悪いが、食べながら飲みながら、また歩き始める。雲が切れて、月が見えた。

三日月《みかづき》だ。

あんまんのあんは黒胡麻《くろごま》の香りが強く、ブラックコーヒーにけっこう合った。肉まんにしようかしら、と思ったけれど、ぶたぶたの真似をしてみて正解だ。

ぶたぶたが食べているのを盗み見る。あんまんを鼻の下にぎゅっと押しつけると、なぜか一部がなくなっている。欠《か》けてしまう、という感じに見える。まるで今夜の三日月のように。

「わたし、何を飲んでも眠れないっていうのがなくて」

「それは素晴らしいですね」

「それより悩んで眠れないことの方が多いです」

コーヒーやお茶で眠れていないのかも、とも今初めて思った。夜、カフェイン摂るのやめようかな。でも、夜ゆっくりそういうものを飲むのも好きなんだよね。

「さっき、二つ悩みを言いましたけど」

コンビニのコーヒーをこういうシチュエーションで飲むのって、けっこうおいしく感じるなあ。いや、どういう状況で飲んでも割とおいしいんだけど。

「『愛が重いと言われるのをどうにかしたい』っていうの」

「それは、なかなか難しいですね……」

ぶたぶたは困ったような顔になる。

「実は、さっき話しているうちに、なんとなくわかった気がするんです」

明日美は言う。

「それはどうして？」

「わたし、昔『運命の人だ』と思った人と恋愛して、フラれたことがあるんですけど」

「ほお」

「その時にも『重い』って言われたんですよね」

というか、それ以前も以降も、「重い」と言われている。「運命の人」関係なく。

「今から考えると、『運命の人』って出会った時には思ったけど、すぐにそうじゃないって気づいたんですよ」

つきあっている時に、とうに気づいていたのだ。ある日突然、「あれ？」って。

「でも、友だちとかに『運命の人に出会った！』とか言っちゃって引っ込みがつかなくなって」

しかし、当時の明日美は認めたくなかった。引っ込みがつかないことの他に、「運命の人」と恋愛をしている自分を手放したくなかった。加えて、彼が本当に美形で、お金持ちで、才能もある人だったから。彼の恋人という立場は、とても気持ちのいいものだった。「運命の人」じゃなくても、好きなことは確かだった。嫌われたくなかったから、尽くしたのだ。

「『運命の人』として尽くしたから、重くなったんだと思うんです。彼という人のまま愛したわけじゃないというか、なんというか……」

恋に恋する、という言い方では説明はできなかった。

「そのあとにつきあった人にも、そういう肩書を勝手につけて、つきあったように思うんです」

「運命の人」というのは強い言葉だ。だから、それにはもう縛られないようにしよう、と思ったけれど、結局別の言葉には別の呪縛《じゅばく》があっただけだった。

「その呪縛を相手に受け入れてほしくて尽くしているのが、相手にもわかって『重い』って言われるのかな、と――」

「こいつが好きなのは俺じゃない」とバレたというか。

そして、それに今さっき気づいたわたし。

「自分が苦しんでるってわからない人はどうしたらいいんですか?」

わたしは、自分の気持ちが全然わからない。

「運命の人」じゃないとわかった時から、わたしはずっと苦しんでいたんだ。その重荷を相手にも背負わせていた。

あと、自分の決めた恋愛ルールを頑固に守るっていうのもそうかな? メッセージはすぐに返すとか、毎日電話して声を聞くとか、デートのたびに記念写真を撮るとか——恋人に対することはこのくらいに抑えていたつもりだが、自分に課すルールは実はとても多い。毎晩の肌の手入れには倍の時間をかけ、エステにも多めに通い、ジムではムキムキにならない程度に鍛え、走り込みもやり、もちろん料理やおしゃれもがんばる。彼の雰囲気に合わせたメイクや服装を研究しつくす。

ギチギチに決めたルールに縛られた明日美を、過去の恋人たちはどんな目で見ていたのだろう。

「そんなに急いで返信しなくてもいいのに」

と苦笑していた「運命の人」を思い出す。彼からは、他にもいろいろ言われた。

「無理しないで」

とも。無理していないと思っていたから、

「無理なんてしてないよ。好きでしているの」

と答えた。でもその「好き」は自分の「好き」でしかなかった。それを、彼もわかっていたのだ。

あたしは、そんな自分を見てもらいたかったんだろうか。自分が誰かもわからないのに。

「どうしたらいいんでしょう？」

直球でたずねる。

「うーん、恋愛の悩みは難しいですね」

ぶたぶたは本気で困っているみたいだった。

「どんな恋愛でも、それなりにその人の身になるとは思うんですよ。ひどい男じゃなければ。今つきあってる人はいるんですか？」

「いないです……」

「でも、今までつきあった人がひどかったってわけじゃないんでしょう？」

「とてもいい人たちでした！」

自慢ではないが、みんな真面目で誠実な人ばかりだ。なのに続かないのを悩んでいたわけだ。

「じゃあ、いつかふさわしい人と出会いますよ」

「……なんですか、その投げやりな答えは。人生に関してはいろいろ言うのに」

「すみません……」

黒ビーズの目がしょぼんとする。

「ああっ、そんな！　謝る必要なんて、ないですよ！」

ひどいことを言ってしまった。わたしが勝手に相談したことなのに。

「いや、ご自身でちゃんと答えを出しているな、と思いまして」

けどそれは、さっきぶたぶたと話したから気づけたことなのだ。それがなかったら、わからなかった。

とはいえ、これで同じことをくり返さなくなるかはわからない。何しろ——。

「自分が苦しんでるってわからない人はどうしたらいいんですか？」

もう一度、たずねてみる。

「人からどう見えているかを、ちゃんと受け入れるしかないんじゃないですか」

さっきと同じような答えだが、これが恋愛時には難しい。もっと言えば、それは自分の自意識過剰な部分に直結しているから、やっかいなのだ。

あ、でも、さっきコンビニであたしは誰にも見られていないって思ってた！　ぶたぶたのことにばかり気を取られて、自分のことなんか二の次だった。

ここにヒントがある？　いや、ぶたぶた自体が鍵《かぎ》なのか。

ただ、ぶたぶたに恋をするということはなさそうだ。「この人！」と思ったのは確かだし、間違いもなかったけれど、それは恋とはまったく異なる感情なのだ。既婚者《きこんしゃ》だし、何より尊敬している。しかし、そういう人は今までもたくさんいて、仲良くさせてもらっているのだが——ぶたぶたと何が違うのか、明日美にはまだよくわからなかった。

あ、大事でなおかつ根本的な「違い」を忘れていた。何ということだ、彼はぬいぐるみじゃないか！

でも、そういうことじゃないのだ。これ以上の「違い」なんてないのにもかかわらず。そんな自分の心境の変化にも驚く。あたしも、少しは成長しているのかもしれない。

一つわかっているのは、ぶたぶたと一緒にいると、自分のことより先に彼の一挙手一投足《いっきょしゅいっとうそく》を見てしまう、ということだ。

その気持ちを思い出せば、つまり――「あたしより、ぶたぶたさんの方がずっとかわいい」ということを忘れなければ、次の恋はうまくいくかも？

「じゃあ、今度恋をしたら、ぶたぶたさんに見てもらいたいです」

「見るって何を⁉」

「相手の人。っていうか、わたしのこと？」

「いや、それは……」

困ってる。ぶたぶたがすごく困ってる。とてもかわいい。

「嘘《うそ》ですよ」

困らせるつもりはないのだ。でも本当にそれを頼めるくらいの関係に、これからなっていけるといいなあ。

明日美が住んでいるマンションの前まで、ぶたぶたは送ってくれた。電車は先ほど動き出したらしい。

「待ってても歩いても、帰る時間は同じくらいでしたね」

　ぶたぶたは言ったが、明日美はとても満足していた。深夜の散歩も楽しかった。あんまんもコーヒーもおいしかった。あんまんの甘さにはちょっと罪悪感が残ったが。

　そのあとぶたぶたは、自宅を目指して歩いていった。

「早く部屋に入りなさい」

　と言われたので、揺れるしっぽが見送れなかった。

　ほどよい疲れもあり、よく眠れたその夜の夢にぶたぶたが出てきた気がしたが、よく憶えていない。


　後日、以前電話相談をいただいたラジオネーム「ヘタレ上等」さんから、またメールが届いた。コーナーの最後に明日美が読み上げる。

　ぶたぶたさん、久世さん、吉川さん、先日は相談に乗っていただき、ありがとうございました。あれからよく考えました。

　私はやっぱり、妻に、というか、家庭に不満があるんだと思い、妻と話し合いました。

私が家事もできず、育児もあまりしないということで、妻にとってあてにならない、という自覚はありましたが、妻に、

「このままだと、子供にもあてにならないと思われるよ」

と言われて、はっとしました。妻に「あてにならない」と思われても何もしなかったのに、子供にそう思われることは、ものすごくいやだと感じてしまったのです。

私も父親としての夢があったことを思い出しました。けれど、このままではそれもかないません。

家事も、妻から命令されるみたいで、「そんな言い方しなければ、できるのに」みたいな妙なプライドでいやいややっていたのかもしれません。

これらを妻に言ったら、彼女も「言い方がきつくなってごめんね」と謝ってくれました。できることはこれ、できそうなことはこれ、と二人で表を作り、それを見ながら計画を立てて家事や育児の分担をしています。これから少しずつできることを増やしていきたいと思います。

同級生には、連絡しません。メアドなども消しました。妻のことを「運命の人」と思うのもやめました。そのかわり、妻と子どもと、ちゃんとした家族になりたいと思って

います。そして、できたら将来、「ああ、やっぱり運命の人だった」と思い出せたらいいな、と考えています。

ありがとうございました。


明日美は読みながら、ちょっと感動していた。

『できたら将来、「ああ、やっぱり運命の人だった」と思い出せたら』のあたりで。おそらく、明日美があこがれている理想的なカップルたちは、みんなこんなふうに試行錯誤《しこうさくご》しているのだ。自分のことも相手のことも考えて、二人とも幸せでいられるような関係を苦労して作り上げている。

あたしはまだまだ修行が足りないなあ。でもこれからだ。

「よかったですね、ヘタレ上等さん」

ぶたぶたもうれしそうだった。

「心配してたんですよ。いい方向に行けたみたいですね」

久世も言う。そうだよね。電話相談の段階では、不倫に傾きそうな危《あや》うさがあった。

「こういうお返事いただけるって、ラジオのよさですよね」

そう言って、ぶたぶたは久世と明日美に笑いかけた。

「ヘタレ上等さん、メールありがとうございました。これからもリスナーさんのお悩み、お待ちしております。以上、『ぶたぶたさんにきいてみよう』でした」

明日美は二人に笑みを返してから、コーナーを閉めた。

ずっと練習してたこと

お風呂に入りながら、青谷波留《あおやはる》は、

「……疲れた……」

とつぶやいた。

毎夜必ずつぶやいている。疲れが取れるってどういう状況だっけ？　と思う今日この頃だ。

四十代後半という年齢からして、この疲れはほぼ更年期《こうねんき》であろうと思われるし、くよくよ考えてしまうのも多分そうだろう。しかし更年期が明けるのは五十代の半ば頃。多少今のような気分が改善されるにしても、若い頃に戻れるわけではない。考えるだけでも憂鬱だ。

半身浴《はんしんよく》も本当は毎日したいけど、あんまり時間が取れない。今日は久々にできそうだ――。

「あ、忘れてた」

波留は、洗濯物のカゴに置いておいたスマホを手に、また湯船へ浸《つ》かる。防水ケースに入っているスマホを操作し、ラジオをアプリで聞き始めた。

最近楽しみにしている朝の番組だ。特に木曜日の悩み相談のコーナーが好きだ。答えているのはおじさんなのだが、どうも普通のおじさんではない。かといってどういうおじさんかというのもわからない。謎のおじさんが悩みに答えてくれるコーナーなのだ。

友だちの友里美《ゆりみ》が教えてくれて、以来、波留もはまっている。いつもは仕事しながら聞いているのだが、今週は午前中から出かける日が多くて、木曜日も聞き損《そこ》ねていた。

湯船に浸かって聞けるなんてうれしい。


「今日も始まりました『ぶたぶたさんにきいてみよう』のコーナーです」

「山崎ぶたぶたさんがみなさまからのお悩みに答えます。ぶたぶたさん、よろしくお願いします」

「お願いします」

「今日のお悩みですが、ズボラな妻のことに悩む六十代男性のメールです」

定年退職してから、悠々自適《ゆうゆうじてき》な生活を始めましたが、家にいると妻がズボラなことが気になるようになりました。

冷蔵庫に期限切れの食材が入っていても気にしなかったり、夫の自分が家事をしている横でダラダラしていたり。

見ていてとてもイライラしてきます。どうしたらイライラしなくなるのでしょうか。あるいは妻のズボラさをどうにかできるのでしょうか？

「奥さんは専業主婦なんでしょうかね？」

「このメールだけだとよくわかりませんけど、そんな感じですね」

コーナーは基本的にぶたぶたとメインパーソナリティの久世の会話が主だ。たまに曜日パートナーの吉川明日美という女子アナがツッコミを入れる。

「ぶたぶたさんは、食材とかうっかり期限切れにしちゃったりしますか？」

「しますよ。それはどうしても。上の方に入れとくと絶対にダメです。しょうがないから、ホワイトボードに期限書いてチェックするようにしてますよ」

ぶたぶたさんって背が低いんだろうか、と思う。しかも、マメだ。

「あと、これもメールだけだとわからないんですけど、自分が家事をしている時、『手伝って』っていうか、『やって』って言わないんですかね？」

「わかりませんね」

「言わないで『察《さっ》しろ』みたいだったら、それこそ勝手に腹を立ててることになる。『気がきかない』って怒るのと、『やって』って言っても拒否するから怒るのは、全然違う問題ですよ」

「ぶたぶたさんは、家事をなさるんですか？」

「しますよ。ひととおりのことはできますけど、手伝ってくれる人がいればやってもらいます」

「お子さんも？」

「そうです。できることはなんでもやってもらいます」

あはは、厳しいお父さんだ。

「高いところの掃除《そうじ》とか――」

「台に乗れば僕にもできますけど、子供の方が背が高いですからね」

お子さん、もう大きいのかな。

「そうでしょうね……」

この久世が発する「そうでしょうね」がなんだか面白い。ただの相槌《あいづち》ではないように聞こえる。いろいろな意味が込められているというか。それが何かはさっぱりわからないが。

「今まで昼間いなかった人が急にい始めるってストレスになるかもって思うんですが、このメールを読む限り、奥さんはあまりストレスは感じていないようですねえ」

「旦那《だんな》さんの方が気になって仕方がないんですね？」

「結局、暮らし方が変わったってことですよね、夫婦ともども。定年を迎えたあと、家庭内で別居するご夫婦もいるって言うじゃないですか」

「え、仮面《かめん》夫婦ってことですか？」

「あ、そういうんじゃなくて、生活空間を分けるんですよ。始終顔を合わさないようにするってことです。一階と二階で分かれるとか、離れを作るとか」

「あ、なんか庭にすごく小さな別宅《べったく》建てて住んでる奥さんがいるってテレビで見ました」

久世がとてもうらやましそうに言う。

「うわ、それはなんだか贅沢《ぜいたく》ですね！　すてき！」

明日美の声が華やぐ。わたしも同感だ。

「でも、マンションなんかだと無理じゃないですか」

「この旦那さんは、まだ新しい生活に慣れていないし、ある意味奥さんのテリトリーに入ってきた新参者《しんざんもの》みたいなものなんですよ。ルームシェアみたいな？」

「ルームシェアねえ。旦那さんからすると、面白くないかもしれませんね」

自分の家なのに⁉　って思っちゃいそうだ。

「わたしはルームシェアってくわしくないですけど、他人同士が暮らすとなると、やっぱりルールが必要ですよね。それを夫婦間であってもまず決める、というのはどうでしょうか」

「少し生活空間が分かれれば、イライラも減るかもしれませんよね」

「『自分ばっかりやってる』みたいなのもイライラの原因になると思うので、どんどんやらせた方がいいですよ。もし本当に『言わないでも察しろ』だったら、それは無駄な怒りにしかならないからやめた方がいい。

単にズボラな奥さんということなら、待ってないでやらせる、というのを心がけた方がいいです。ほんとにズボラな人は、すきあらばダラダラしたいんです。ダラダラすることに躊躇《ためら》いないからダラダラするのであるし、おそらくそれが普通のことなんです」

「どうしてそんなにズボラのことを断言するんですか……」

「それは、わたしがズボラだからです」

ええーっ！　と声が上がった。

「全然そう見えないですよ！」

「できれば一日中ひなたで本を読みたいです」

「だから本屋さんなんですか」

納得したような久世の声が面白い。

「そうしてても文句言われなさそうですけど――」

その根拠はよくわからない。

「文句というより、『あれをやって、これをやって』って頼まれると、特に家族には断れないですよ。乗せるのがうまいってだけなのかもしれないし、自分もついうれしくなってやっちゃうんですよね」

ご家族の頼み方が上手なんだな。

「ただ、やるのを断固拒否するような奥さんなら、それは別の意図があるかもしれないですから、そっちに目を向けないとダメですよね」

「やってもらっても、やり方に不満があったらどうしましょう？」

ああー、いくらやってもうまくできない人っているよね……。

「不満があるなら、不満のある方が気の済むまでやるしかないとわたしは思いますけどね。子育てだとそこら辺を抑えて本人にやらせないとならないけど、大人が相手ですからね……。あとは、うまくできる別のことをやってもらうしかないでしょう。それこそうまく乗せて」

「手伝わせることで今度は奥さんの方がイライラするかもしれませんね」

「それは人間同士が暮らしていくとどうしても出てくるものじゃないですか。人は誰もが生きていく上で他の人に迷惑をかけているんですよ。迷惑をかけない、とか一人で生きるっていうのは、他に人がいない状況じゃなきゃ無理なんです」

それはわかってるけど、わたしはなるべく人に迷惑はかけたくないって思ってしまうなあ。

「ぶたぶたさんも人に迷惑かけてるんですか？」

「当たり前じゃないですかー。このなりでかけないなんて無理ですよ」

このなりってどんななりなのかな。番組のブログには、ピンク色のぬいぐるみの写真しかない。

「ちゃんと取り決めをするということですね」

「奥さんがズボラであることも含めて話す。奥さんの方からも何か文句が出るかもしれませんしね。お互いにいいところに落ち着けるよう、そのためのルールを二人で作るというのが大切なんじゃないかと思います。片方に負担がかからないように。ルームシェアってそういう感じですよね？」

「そうですね。ルームシェア感覚で、生活の分担を話し合う、ということでやってみてください」

そこでコーナーは終わった。

アプリを終了させて、波留は風呂から上がった。

「ズボラな奥さん」のことが気になる。なぜなら、自分もそうだからだ。

ズボラも好きでやってるわけじゃない、というのは、言い訳だろうか。

いや、言い訳だよな、と思う。ズボラは見た目で判断されるからだ。もちろん、病気で身体が動かないとかいうのなら、それは仕方ない。心ない人には言わせておけばいいだけだが、波留の場合、そこまではいかない。

「ほんとにズボラな人は、すきあらばダラダラしたいんです。ダラダラすることに躊躇ないからダラダラするのであるし、おそらくそれが普通のことなんです」

ぶたぶたもズボラなのか。マメな人に思えるけど、ラジオの印象だからなあ。

どうせなら、自分が本当のズボラであればよかったと思う。できないことがあっても、「まあ、いいや」とあっさり切り替えられるような。波留は、いつも「今日もできなかった」と落ち込む。できることより、できないことの方が多い。

若い頃は気づかなかったが、四十代になってわかった。わたしは、エネルギーが少ない。他の人よりも疲れやすい。そんな気がする。

体力そのものがないとも言えるだろう。波留には持病《じびょう》がある。その病気には、ストレスが一番影響あるのだ。しかし、重篤《じゅうとく》なものではない。このくらいの歳になれば、何も問題のない人の方が少ないのではないか？　その程度のものだし、定期的に病院へ行けば、普通の生活はできるのだ。

だけど、それを言い訳にするのはいやだった。放っておくと、なんでも体調のせいにしてしまいそうで。

思えば、若い頃からインドア派で、家でコツコツ何か作ってばかりの生活をしてきた。その頃から好きだったアクセサリー製作で今は生計《せいけい》を立てている。夫との共働きで、つましいながらもなんとか食べていけるのは、おそらく子供がいないからだろう。

生活に特に不満はないのだが、やりたいことはたくさんある。仕事が終わったら、あれをしよう、これをしようといろいろ考えるが、それの半分もできないまま、次の仕事が入ってくる。

もう少し——いや、本当はもっとたくさんやりたいことをこなしたい。それは、身近にとてもパワフルな友だちがいるからだろう。

ラジオのことを教えてくれた友だち——間嶋《まじま》友里美は、郷里の幼《おさな》なじみだ。実は、直接教えてもらったわけではなく、SNSで言っているのを見ただけだ。友だちとしてつながっているし、SNS上ではしょっちゅう会話はするが、もう何年会っていないだろう。

友里美は旦那さんと会社を経営しているのだが、忙しい中、子供を三人育て、趣味のお菓子作りやガーデニングやスポーツ観戦に飛び回り、最近は体力作りのためランニングも始めた。家事はなんでもテキパキとこなし、SNSにすてきな料理写真を投稿している。「じっとしているのが大嫌い」とよく言っている。

友里美とは小学校は同じだったが、同じクラスになったのは一度だけだ。だが、家が近かったから、一緒に登下校もしたし、家の近所で遊んだり、泊まりに行ったりもした。その頃は互いの違いなどはよくわからなかったから、普通に仲良しで、ケンカをした憶えもない。

中学になって友里美の家が都会に引っ越し、いつの間にか交流が途絶えたが、大人になってSNSを始めてから再会した。友里美は、素晴らしくパワフルに成長していた。大人になってからでは、友だちにならない、いや、なれないタイプの人になっていた。波留の乏《とぼ》しい体力では、とてもついていけない。しかもお金持ちだ。投稿される家族旅行の写真や動画には、うっとりするような外国の景色が並ぶ。

波留の家には、やはり病弱で神経質な猫がいて、長期の泊まりはできない。保護施設でグスグス鼻を鳴らして、誰の手にも近寄らないその猫を見つけ、思わず引き取ってしまった。波留と夫にはなついているが、他人には絶対に姿を見せない。

旅行はほぼあきらめているので、友里美の投稿をうらやましく思う。ただ妬《ねた》んだりはしていない、はずだ。猫に留守番させると心配ばかり先に立つから。家で猫とゴロゴロしているのが、今の波留にとって一番の幸せと言える。

こんなわたしは、傍《はた》から見るとズボラに見えるんだろうなあ。仕事をこなすのが精一杯。でも仕事をちゃんとやるのは、普通のことだ。それ以外の時間は、ストレス解消のために使わないと、次の仕事ができない。趣味に使えば楽しい時間が過ごせるが、最近は楽しくても疲れが伴《ともな》う。昔は、疲れも帳消《ちょうけ》しされて、やる気が出てきたのに。

これが歳を取るということか。

と納得はしているが、友里美の投稿を見てそのパワフルさに……「うらやましい」というひとことでは言い表せない気持ちが湧《わ》き上がる。物欲はあまりないけど、若いうちにもっと経験をすればよかった、という思いがある。旅行とかアルバイトをたくさんすればよかった。もっと勉強すればよかった。人脈も広げればよかった。思いつく限り、体力のある時になんでもやればよかった。

若い頃に限らず、今でもやりたいことはたくさんある。本をもっと読みたい。映画を見に行きたい。不義理をしている友だちにもっと会いたい。体力を作るために運動もしたい。家の片づけや模様替えをしたい。もっと凝った料理がしたい、なんでもいいから新しいことに挑戦してみたい——いくらでも出てくる。

だが、一日の時間は有限で、いつの間にか終わってしまう。何もしていないのに疲れ果てて寝てしまうことも多くて、情けないというより悲しい。

これでも、なんとか効率よく時間を使うための工夫を考えて、チャレンジもしている。しかし、成果が上がることはほとんどない。

ただ、それで何か不自由があるかというと、そういうものはないのだ。自分の悩みは、とても贅沢なものなのだろう、といつも思う。

『ぶたぶたさんにきいてみよう』を聞くと、自分の悩みを相談したい気分になるが、こんなのは悩みには入らないのだろうな、と考えてしまう。

それでも誰かに聞いてもらいたい気持ちがあった。悩みというより甘えであるとわかっているけれど。

そんなある日、友里美のSNSに、こんなことが投稿されていた。

「ぶたぶたさんに悩みのメール出してみた。でも、全然採用《さいよう》されない……。時間がたってからっていうのもあるみたいだから、気長に待ちます」

「へえーっ！」

本当にこう声を出してしまった。友里美にも悩みがあるのか。

いや、それは失礼だ。波留にもあるように、彼女にもあるに決まっている。忙しくて疲れれば、考えなくてもいいことも考えてしまうだろう。

ぶたぶたのコーナーで選ばれる基準とはなんだろう。たまに面白い相談もあるが、基本的に真剣な悩みごとだ。

友里美のも採用されないのなら、波留のなんか絶対に無理だろう。

そこでなぜか、変な方向に思考が転がっていった。

採用されないのなら、出してもいいかな、と。

そんなことを考えて、はっと気づいた。結局、波留は誰かに聞いてもらいたいのだ。大した悩みじゃないけど、悩んでいるのは確かで、アドバイスなんてしてもらえるようなものじゃないけど、優しく聞いてもらえるだけで気が楽になるんじゃないかって。

それって、文章にしてメールしてしまうだけでも、満足するんじゃないかって思ったのだ。誰かが波留のメールを読んで、「なるほど」とか言っているだけでも、いいんじゃないかって。

悩みを書いてみよう。すぐにパソコンへ向かって、文章を打ち始めた。

まもなく書き上がって、ざっと見直して、さっそく送ってしまった。さっさとやらないと、いつまでもうじうじ迷っていそうだったから。

こんにちは。私は四十代の既婚女性です。

子供はいません。

悩み事なのですが、実はとても漠然としています。

いろいろ考えたのですが、私は、とてもエネルギーが少ない人間だ、ということでしょうか。人が普通にできるようなことができない、と常に感じているのです。

仕事はしていますが、忙しくなると他のことが考えられなくなり、いろいろなことがおろそかになってしまいます。こういうことは普通なことだと理屈ではわかっています。

無理はしないようにやる、というのは、そんなに悪いこととは私も思いません。他の人がそういうことをしていても、気になりません。

でも、自分がそれをやることを、どうにかしたいと思っているのも事実です。仕事をやり始めればそれしかできなくなり、仕事が終われば次の仕事までに疲れを取ることばかりに気が向いてしまう。

例えば、休みの間に旅行に行ったりしてリフレッシュ、ということも考えますが、疲れてしまってそれどころではありません。余裕がなく、「時間があったらやりたいこと」はたくさんありますが、リストが長くなるばかりで、一向に消化できません。「やらなくてはならないこと」もたくさんあるのに、一つもこなせていません。

夫はある程度わかってくれてはいますが、いつも迷惑をかけているな、と感じています。周囲の元気のある人がバリバリ仕事や遊びをこなしたりしているのを見ると、うらやましいと同時に「どうして自分はこんなふうにできないんだろう」とつい思ってしまいます。

この歳で、というか、とにかく人と比べてどうこう言うのは無意味なことだとわかっていますが、たまにどうしようもなく苦しくなることがあります。多分、そういう時って疲れている時だと思うのですが、なんだかずっと疲れているみたい……。

友だちに愚痴る、というのも考えましたが、そういう話のできる友だちはみんな今大変な時期です。親の介護《かいご》や、家庭問題などで私よりもずっと悩んでいる。「エネルギーが少なくて余裕がない」というだけの私の悩みは、とてもちっぽけに見えます。すごく小さな悩みなので、人に言えなくてずっと抱えていたのです。最低限のことはできているけれど、そんな中で一つ失敗すると、ひどく落ち込んでしまうこともあるのです。「私は最低限のこともできないのか」と。

どうかぶたぶたさんに、苦しくならないような考え方を教えてもらいたいです。よろしくお願いいたします。

出したあとは、読み直しもしなかった。書いただけで、けっこう満足してしまったからだ。

よく悩みを文章に書き出すと、要点もわかるし、冷静に見直すこともできる、と言われるが、本当に効果のあるものなんだな、と実感した。

日記でもつけようかしら。不満や悩みを書き留めておけば、少しはこのモヤモヤも薄れるかもしれない。

メールを出したのは、土曜日の夜だった。

忘れるほどの時間はたっていなかったが、けっこう満足していたので、読まれることは気にしていなかった。

だから、いつものように仕事をしながらラジオを聞いていて、ものすごく驚いてしまった。波留のメールが読まれたのだ！　あんな悩みで！

「――というメールです」

明日美の声で読まれると、まるで別人の書いたメールのようだったけど、胸はドキドキしている。

「普通に働いているのなら、そんなに心配することもなさそうですけど」

とパーソナリティの久世が言う。それはわかってる。それなのに悩んでいることが、一番悩みなのだ。悩む必要がないのに、という……。

「本人が悩んでいれば、それは『悩み』になりますよね」

ぶたぶたが言う。

「ささいなことだと本人が思っていると、この方のように外に出せなくて、溜め込みすぎてしまうこともあるかもしれません。これは誰にでもあることですよね」

「そうか、塵《ちり》も積もれば山となるっていうし」

「愚痴を聞いてくれる人の確保、というのが解決法ですかね？」

「解決法というより、今の段階では対処法ですよね。それでもいいんですけど、根深いところをどうにかした方が、気持ちは楽になると思いますよ。この人の場合、もっと自分に自信を持てば、溜まる速度も遅くなるんじゃないでしょうか」

ぶたぶたに言われると、胸にぐさりと刺さる。自信か……。そんなに自己評価が低いとは思っていないのだが、ひけらかすほどではない。人に自信アピールするのも、けっこうエネルギーを使うのだ。

「自信を持つと、人と自分を比較することもなくなるということでしょうか？」

「そういう部分は減るでしょうね」

「ぶたぶたさんは――」

と言う久世は一瞬言葉を切る。

「だいぶ個性的な外見をしてらっしゃる」

「僕などまさに人と比べるなんて無意味、というのを体現していると思いますけど、これほど違えばもう『比べる』という発想はないですよ」

何がどう違うのかはわからないが、とにかくぶたぶたは人と自分を比べないのね。それはとてもうらやましい。

「劣等感《れっとうかん》と焦燥感《しょうそうかん》は、本当に持っててもしょーもないものだと思うんですけど、それでもどっかから湧いて出てきちゃうんですよね」

「……虫みたいですね」

「虫嫌いな人からすれば、『出てくるんじゃないか』とつい恐れてしまうものですから、まさに虫みたいなものですね」

「虫好きな人はどうなんですか？」

明日美が楽しそうにたずねる。

「すべての虫を愛しているような人なら大歓迎でしょうけど、普通の虫好きな人は出てもそれほど気にしないし、どうすればいいかわかっているってだけです」

「なるほど〜。つまり、そういう気分になった時に自分の気持ちをどうするか、というのが解決法の鍵なんですね」

「お友だちに小説家の方がいるんですけどね、その人に言わせると、

『劣等感や焦燥感とかは、ある種の妄想』

なのだそうです。だから、

『どうせするなら楽しい妄想！』

というのがその人のモットーなんですって」

「楽しい妄想って……どういうことなんですか？」

「たとえば、好きなアイドルや俳優のことを考えるとか。趣味のことを考えるとか。なんでもいいんです。『好き』のことを考える。自分の都合のいいように考えたって、誰からも文句は来ませんしね」

「つまり、自分が『他の人に比べてできないことが多い』と思ってしまったり、『たくさんやりたいことがあるのにできない』と思ったら、何か他のことを考えて気持ちをそらす、ということですか？」

「そうですね。この人はきっと、できることは精一杯しているんだと思いますよ。それで充分評価されている。でも本当はそれ以上のこともしたい――向上心に身体がついてこなくて残念だと思ってる。でも、そのせいで過剰なダメージを自分に与えちゃもったいないですよ。残念に思っても、それ以上悲しむことは妄想で――というか、はっきり言って考えなくてもいいことじゃないですか」

そう言われて、波留ははっとする。

「そんなこと考え出したら、別の楽しいことを考えて気持ちを切り替える——と、友だちが言ってました」

自分の手柄のように言わないのがいいなあ。波留はいつの間にか笑っていた。

そうか、わたしの悩みは向上心の裏返しなのか——そう考えると、自分がちょっと偉くなったような気がする。自信は人に対してのことみたいだけど、向上心なら自分の中で完結できる。

とても気持ちが楽になった。ささいなことだと思っていたのに、こんなふうに相談に乗ってもらえるなんて！　すごくうれしい。


それ以来、ぶたぶたのラジオは必ず聞くようにした。もちろんコミュニティFMの『午後のほっとカフェ』内の『昼下がりの読書録』もだ。

彼がすすめる本を読んだり、番組のブログを読んだりしている。

コミュニティFMの方はサイトで番組紹介をしているだけだが、『朝エネ！』の方はスタッフブログがあって、そこにぶたぶたの写真も載っている。それが実はすごくかわいいのだ。

ぶたぶたの声はおじさんだが、どうも写真はNGらしい。だから、代わりにぶたのぬいぐるみが写っているのだ。薄いピンク色で、バレーボールくらいの大きさ。突き出た鼻に黒ビーズの点目。大きな耳の右側がそっくり返っている。手足の先に濃いピンク色の布が張ってある。ちょっと古ぼけても見えるぬいぐるみだ。きっと大切にされているんだろう。

そのぬいぐるみが、ぶたぶたとしてブログに載せられていて、たとえばゲストと記念写真みたいなのにも、きちんとポーズを取っていたりする。しゃべっているところも、マイクにちゃんと向き合い、手を上げていたりして、熱心に会話しているように見えるのだ。

あるいは床に立っているところとか、台本を持っている写真とか、とにかくポーズが豊富《ほうふ》で、見ていて本当に飽《あ》きない。なんとなく表情まであるような気がする。すごく柔らかいというか、ポーズをつけやすいぬいぐるみなんだろうな、と思う。どこで買えるんだろう。ちょっとほしい。

ぶたぶたも好きだけれど、このぬいぐるみも好きになってしまった。ネットで売っていないか調べたが、メーカーもわからないので、見つけることができない。

『朝エネ！』に問い合わせたらどうだろう、と考えていたら、まさにそういうメールが読まれた。

「『ブログに載っているぬいぐるみは、どこで売っているんですか？』という問い合わせが来ましたよ、ぶたぶたさん」

明日美が楽しそうにメールを読む。ぶたぶたの答えが早く聞きたい。すぐに買いに行かなくちゃ。

「あー、なるほど。あれは、売ってないんですよ」

「……まあ、そうですよね」

なぜか納得したような口調の久世だった。じゃあ、手作りなの？

「同じようなぬいぐるみならあるかもしれませんが」

ぶたぶたは続ける。

「そうなんですか？」

「でも、似ているだけで同じじゃないですよ」

「そういうところまでチェックしてるんですか、ぶたぶたさんは！」

そこで時間切れになってしまった。

波留は首を傾げた。結局、あのぬいぐるみのことはよくわからなかった。というより、どうして「手作りなんですか？」と訊かなかったんだろう？

「売っていない」と言うのなら、普通手作りだろうと思うし、それを最初に確認するんじゃないのか？　どうして訊ねなかったんだろう？

気になって、それをメールで訊いてみるかどうか迷う。でも、時間がなくてたまたま確認しなかっただけかもしれないし……。「売っていない」＝「手作り」というのは、言わなくてもわかるものではあるだろうし。

そんなことにこだわる必要ない、と思えば思うほど気になってくる。

いつしか波留は、ぶたぶたが本当にこのぬいぐるみだと思うようになっていった。

いや、変なことを言っているな。つまり、山崎ぶたぶたという人が、このぬいぐるみそのものだ、と考えるようになった、ということだ。それなら、「手作り」と言わなかったことへの説明もつく。しかも、そう思ってラジオを聞いていると、今までちょっと不思議なやりとりだと思っていた部分がしっくり行くことに気づいたのだ。

たとえば、お風呂のことについて話していた時とか。

「洗面器一杯のお湯でも、けっこう満足できますよ」

この人、何かの修行でもしていたのかな、と思うような言動だが、バレーボール大のぬいぐるみだと思えば、洗面器に浸かることができて、充分お風呂気分も味わえそうだ。

「ドライヤーで乾《かわ》かすんですけど、できたら乾燥機《かんそうき》で一気に乾かしたいです」

これは冗談だと思っていたのだが、ぬいぐるみならば乾燥機の方がいいだろう。身体が縮《ちぢ》みそうだけど。

そういえば、前にこんなことも聞いた。

「できれば一日中ひなたで本を読みたいです」

とぶたぶたが言ったことに対して、

「そうしてても文句言われなさそうですけど――」

と久世か明日美が言っていたのだ。このぬいぐるみだったら、確かに言われなさそうだし、見ているだけでほのぼの癒《い》やされそうなキャラに見える！　こんな本好きのぬいぐるみのいる本屋さんに行ってみたい！

そんなことを考えるのが最近楽しい。おいしく料理ができた時、あるいはどこかへ遊びに行った時など、ぶたぶたが一緒にいたらどんな感想を言ってくれるかな、と想像するだけでもわくわくしてくる。

楽しいことだけでなく、仕事で失敗したり、家族とケンカして落ち込んだり、あるいは今まで悩んでいた焦燥感に襲われても、ぶたぶただったらどんなふうに慰《なぐさ》めてくれるだろう、と考える。すると、いつの間にか微笑《ほほえ》んでいたりして、気持ちが楽になっているのだ。

自分の悩みメールを読んでもらった時に聞いた、

「どうせするなら楽しい妄想！」

というのがどんなものなのか、あの時はわからなかったけれど、今ならよくわかる。

「好き」のことを考えるって、そういうことなんだ！　今までそんな、芸能人とかの熱狂的なファンになったこともなかったから、全然わからなかったけど——。

いや、ぶたぶたは芸能人ではなかった。本屋さんなのだ。

そういえば、わたしはさっきこんなこと考えていた。

『こんな本好きのぬいぐるみのいる本屋さんに行ってみたい！』

——行けるじゃないか。行くのはとても簡単だ。ラジオで本屋さんの名前をいつも言っている。ブックス・カフェやまざきだ。コミュニティFMの方では、もっとくわしく場所を知らせてくれている。つまり、宣伝しているくらいなんだから。

でも、迷う。本屋さんに行ったら、ぶたぶたの本当の顔がわかってしまう。ただのおじさんだとわかっていても、具体的な顔がなければぬいぐるみに置き換えるのは簡単だったが、見てしまったらそうはいかない。

波留は、ぶたぶたの声とぬいぐるみが好きなだけなのだ。もちろん、相談に答える態度とかもだが。

どうしよう。本当に迷う。どうしたらいいの——とその日一日、本屋さんへ行くか、行かないかと考えていたが、いやな気分にはならなかった。迷うこともまた楽しいくらい、どちらも捨てがたい選択肢だったからだ。

結局決められなかったけれど、それはそれでわくわくする時間だった。しょうもないことを考えてしまっても、しばらくこれで切り抜けられそう。

しかし、数日後。

仕事の打ち合わせのため、依頼人のお店へ向かった。

打ち合わせをして、電車に乗った時に気づく。二つ先の駅で降りると、ぶたぶたの本屋さんがある商店街が近い、と。しかも今日は、水曜日。時間帯ももうすぐ三時だ。今から行けば、ブックス・カフェやまざきでお茶を飲みながら『昼下がりの読書録』を聞けるのではないか？

それはとても魅力的なシチュエーションのように思えた。カフェがどんなところだかは知らないが、ぶたぶたの本屋さんでぶたぶたの声を聞くというのだけで、もういてもたってもいられなくなる。

波留は、衝動的《しょうどうてき》に途中下車をしてしまった。駅からも近い商店街の中に、ブックス・カフェやまざきはあるはず。

商店街の中では、FMすずらんが流れていた。もうすぐ三時だ。急ぎ足で探すと、商店街の真ん中辺にブックス・カフェやまざきはあった。そして、その隣にはFMすずらんも。

FMすずらんは、外から中がよく見えた。もうぶたぶたは中にいるのだろうか。マイクが見えるから、あそこできっとしゃべるのね。うつむいて口を動かしている女性が、水曜日のパーソナリティである江田さんかかな？

マイクのあるブースの外に男性の姿も見える。後ろ姿で、どんな顔をしているのかわからない。あの人かな？　けど、長髪だ。あっちの人はすごくやせてるけど――いや、ぶたぶたの外見のイメージって特にないな。長身なのか、小柄《こがら》なのか、がっしりしているとか細身とか――「こんな感じの人」みたいな芸能人とかもいない。

それはすべて、あのぬいぐるみに置き換えられているからだ。ぬいぐるみ以外は、考えられないほど。

どうしよう。このままここで見物していれば、きっと本物のぶたぶたの姿を見ることになるだろう。

見たい？　それとも見たくない？

ここまで来ても決められないなんて。ああ、相談に乗ってほしい……。

やっぱり、カフェでお茶を飲みながら聞こうか――と踵《きびす》を返した時、目の端に見慣れたものが現れた。

はっと振り返ると、いつの間にかブース内のテーブルの上に、ぶたのぬいぐるみが置いてあった。あれは……いつもブログに載っているのと同じ？

同じかどうかはよくわからないが、そっくりだった。どうしてここに？

あ、でもこの番組でのぶたぶたは、自らのことを「ぬいぐるみ」だと言っているのだ。そういう設定ということだろう。だから、ぬいぐるみがあってもおかしくない。と思ったら、ぬいぐるみが動いていることに気づいた。テーブルの上にあるマグカップをつかんだのだ。そして、そのまま傾けた。ごくごく飲んでいるみたいに。

波留は、今見たものが信じられず、呆然《ぼうぜん》と立ち尽くした。どのくらいそうしていただろう。いや、実際は数秒だ。だって、時報《じほう》の音で我に返ったんだもの。

「三時になりました！」

江田早苗の元気な声がスピーカーから聞こえてくる。彼女の向かいには、ぬいぐるみがいた。

「今日の本は、なんですか、ぶたぶたさん？」

「今日はこれです」

聞き慣れた声が耳に入ってきた。ぬいぐるみの鼻が、もくもくって動いている。

波留は、よろけそうになるのをこらえながら、一歩踏み出した。その爪先が、ぶたぶたの本屋さんへ向いている。

吸い寄せられるように入ると、店内にももちろんＦＭが流れていた。三十代くらいの女性がレジカウンターにいて、

「いらっしゃいませー」

と声をかけてくれる。

「あ、あの……コーヒーをください」

「はい、お待ちください」

コーヒーを買って、カフェスペースに移動する。とても大きな窓からの景色は、一枚の絵のようだった。波留は窓にもたれるようにして座る。

ぶたぶたは今日紹介する本の一部を朗読《ろうどく》していた。とある世界的ベストセラーの海外文学だ。波留も読んだことがある。映画を見て読みたくなった。

ぶたぶたは、いつもと同じ優しい声だった。その声で、人なのに人じゃない人たちの話を朗読している。ぶたぶたが読むと、より説得力が増す物語だった。

聞いていると、その本の中の光景がまざまざと浮かんでくる。窓の外の緑を、波留だけでなく、主人公たちも見ているような気分になる。

ああ、ぶたぶたはこうやってここで本を読むのが大好きなのかもしれない。

『できれば一日中ひなたで本を読みたいです』

それをぶたぶたは「ズボラ」と言っていたが——それはどうだろう。ここにいたら、そんな気分になるのは当たり前ではないだろうか。そして、ここをそういう場所にしたいから、お店をやっているんじゃないのかな、と波留は思う。

番組は、映画でもかかった、そしてその作品のタイトルでもあるスタンダードナンバーをかけて、終了した。

コーヒーはまだ残っていた。が、もうだいぶ冷めていたから、すぐに飲み干《ほ》せる。ゆっくり飲んで、ぶたぶたが帰ってくるまでここで待つか。

それとも、飲んでしまって帰るか。

波留はまた迷っていた。どちらでもいい、と思っていたが、いつもの妄想のように楽しい気分ではなかった。少し怖かった。ここで待っていると、ぶたぶたの正体を知ってしまうことになる。

それは、知らなくてもいいことだろうか。それとも、知った方が世界が広がるだろうか。

新しいことは怖い？　いや、そんなことはない。怖いのは、疲れることだ。今の波留は、何をしても疲れが驚きを凌駕《りょうが》する。それにうんざりしてしまったのだ。

望んでいるのは、疲れを吹き飛ばしてくれるような驚きだった。ぶたぶたは、それに値《あたい》するだろうか。

その結果、楽しい妄想の種を手放すことになっても？

波留は一口コーヒーを飲んだ。まだ二口くらいはある。

しかし、飲み干すことはしなかった。これ以上冷めないように、手でカップを包む。

「おかえりなさい」

女性の声がした。

「ただいまー」

ラジオと同じ声がした。

振り向くと、番組のブログやさっきラジオのブースで見かけたぬいぐるみがとことこと歩いていた。

「あ、いらっしゃいませー」

窓際の波留に気づいて、声をかけてくれる。

「あ、あの」

波留は立ち上がった。

「実はわたし、ラジオ聞いてうかがいました」

すぐに言葉が出た。内心は覚悟していたのに、とても驚いていたが。まるでずっと練習していたみたいに言葉が出た。

ううん、練習していた。想像の世界で。こういうふうにぬいぐるみに話しかけることを。

「あっ、そうなんですか！　ありがとうございます」

そう言ってぶたぶたは、ぺこりと二つ折りになった。お辞儀だ。お辞儀してるんだ。

波留もあわてて頭を下げる。

「『あさエネ！』の悩み相談で、メールが読まれたので──」

「ほんとに⁉」

びっくりしたような顔をしている。目が、点目が、見開いたように見えたのは気のせい⁉

「FMや『あさエネ！』聞いた人がいらしたことはあったんですが、相談メールを読んだ方がいらしてくれたのは初めてです」

「ひとことお礼が言いたくて」

これも練習していたことだった。あれで波留の気持ちはだいぶ楽になったのだから。

「あ、どうぞお座りください」

しかし、こういう気をつかった返しは想定していなかった。窓際に二人で座る。あ、なんかすてき。

「ラジオネームとか、どんな内容だったか、差《さ》し支《つか》えなければ教えてください」

「『エネルギー少ない人間だ』ってメールです」

「ああー。わかりました。『どうせするなら楽しい妄想！』って答えた相談でしたね」

ちゃんと憶えていてくれた！　うれしい。

「あれ以来、苦しい時は楽しい妄想をして切り抜けています」

妄想――なんだよね。想像って自分では言っているけれど、勝手にぶたぶたに出てきてもらっているし。だから、そんなことは言えないけど。

「いやー、あれは友だちがいつも言ってることなので、僕のアドバイスではないのですが」

波留の想像の中では、そんな謙虚《けんきょ》なことは言っていなかったな……。

「それでも、すごく楽になりました。お友だちにもお礼を言っておいてください」

「わかりました」

そう言って、にこっと笑う。波留はまた内心驚きでいっぱいだったが、言葉は勝手に出る。

「さっきの『昼下がりの読書録』、ここで聞いてました」

「あっ、ありがとうございます！」

「わたしも読みましたよ。映画も見ました」

「そうなんですか。僕はドラマは見たんですけど——」

しばらくさっきのラジオで紹介していた海外文学のことを二人で語らう。それから、前に紹介した本、面白かった悩み相談、久世遼太郎や吉川明日美や江田早苗についてのこぼれ話なども。

ぶたぶたはとても話が上手だった。あまり面識のない人としゃべるとくたびれてしまう波留なのだが、ぶたぶたにはそんなものは感じなかった。すごく彼が気をつかってくれているか、あるいは想像で練習をしていたからか。

どっちだろう。どっちでもいいか。楽しかったから。

「このカフェ、すてきですね」

「ありがとうございます」

「すごく居心地いいです」

「そう思ってもらえるように作りましたから」

「今座ってるここで読書するのは、最高でしょうね」

窓枠《まどわく》にもたれかかるようにして座る。

「そうです。僕もここが一番好きな場所ですよ」

やっぱり。窓から差し込む陽《ひ》を浴びて、いつまでも本を読んでいたい。

ぶたぶたが本当のぬいぐるみだったことには、不思議とショックを受けていなかった。むしろ、しっくり来たと言ってもよかった。もうそうとしか考えられなくなっていたからかもしれない。だからといって驚きがなかったわけでもない。

もしかしたら、今までで一番驚いたかもしれない。これ以上のものはもうないと断言してもいいくらい。

その驚きは、じわじわと波留の心に喜びをもたらしていた。久しぶりに、幸福感が疲れを押し流していく。

そうか。わたしはもう少し、幸せを実感したかったんだ。幸せってわかっていたし、不幸だなんて滅相もないし、そんなモヤモヤを人には言えなかった。幸せの条件がそろっているのに、不幸ではないという程度に思う自分がいやで、苦しかった。

ぶたぶたは、わたしを驚きでひっくり返してくれた。ささいな苦しみを、ささやかな幸せに。

それはいくら積み重なってもいいものだよね。

波留は、ラジオで紹介していた海外文学の作者の新刊を買って帰った。

そして、ブックス・カフェやまざきの店内写真をSNSに載せる（ぶたぶたにちゃんと許可を取った）。我ながらすごくおしゃれに撮れた。

「実は……わたしの悩み、ラジオで解決してもらいました。ぶたぶたさん、ありがとうございました！」

という書き込みも添えた。なんかもう、黙ってられないって感じだったのだ、うれしくて。

すると、たくさん「いいね」がもらえた。そして、友里美はコメントをくれる。

「すごい！　ぶたぶたさんに会ったの!?　しかも、相談に答えてくれたの!?　うらやましすぎる！」

友里美にそんなこと言ってもらえるなんて！　もう何もうらやましいと感じることなんてないと思ったのに。

「わたしには、とてもそんな勇気ないよ。でもまずは、メールを採用してもらわないと(笑)」

そんなことも書いてくれた。

勇気の問題じゃなくて、たまたまだったと思うけど、

「友里美にもできるよ」

みたいなことを言うのはやめた。実は、ぶたぶたにも「全然ズボラじゃない」と言おうと思ったけれど、やめたのだ。

自分が自分をどう思うかは、人に決められることじゃない。その思いに苦しくなった時だけ、何かしらの対策を考えればいいことなんだ。

友里美にだって、ぶたぶたに聞いてもらいたいことはある。波留だって、どんな相談をしたかはＳＮＳでは言わなかったし、友里美も訊かなかった。

でも、会って言うのはいいかもしれない。彼女を連れて、ブックス・カフェやまざきに行ってもいい。

いつになるかはわからないけれど、いつかその機会は巡ってくるはず。それを楽しみにできるくらい、波留の気持ちはずっとひっくり返ったままだった。

あとがき

お読みいただき、ありがとうございます。矢崎存美です。

ラジオでの悩み相談に答えるぶたぶた、いかがだったでしょうか。

実はこれ（いや、シリーズの愛読者の方ならもう気づかれているでしょうが）、『ぶたぶたの本屋さん』の続編です。もちろん、未読でも大丈夫です！

書店カフェをやりながら、コミュニティFMで本の紹介番組を持つぶたぶたのお話から、民放のAMラジオ局で悩み相談をやるところまで来ました。これからぶたぶたはどこへ行くのか!?

いや、今日も本屋さんでまったりしているでしょうけれど。

ラジオは昔から好きで、前からぶたぶたを「しゃべり手」として描きたいな、とは思っていたのです（『本屋さん』はあくまでも本の話ですので）。

今でもラジオはよく聞きますが、仕事中は聞けないんですよね。日本語が流れてくると、それを聞いてしまって、文章に集中できない。音楽なら平気なんですが、それでもたまに日本語のものをはずして聞くこともあるくらいなので。

だから、ラジオを聞ける時は、割と余裕のある時です。仕事の手を休めて休憩《きゅうけい》しながら、お風呂に入りながら、台所に立ちながら、掃除などの家事中にも聞きます。うちには家中に携帯ラジオが置いてあって、それが全部ついている時もあります。小さいお風呂用のを家の中で持ち歩きながら聞いていたり。あと、スマホのアプリ「radiko」で、聞き逃したり時間が合わない番組を聞いたりもします。radiko のタイムフリー機能、便利だよねー。

悩み相談といえば、やはり『全国こども電話相談室』を思い出します。終わってしまいましたけど、小学生の頃から聞いてました。電話をかけたけど繫《つな》がらなかった。繫がっていたら何を相談しようとしていたのか、もう忘れてしまいましたが。

ところで、ぶたぶたでラジオといったら思い出すのが映画『太陽を盗んだ男』。なぜかというと、池上季実子《いけがみきみこ》扮《ふん》する沢井零子のセリフで、

「ゼロのぶたぶたジョッキー！」

っていうのがあるんですよね……（ＤＶＤを見直して確認しました）。零子はゼロという名でＤＪ（今とはちょっと違って、久世《くぜ》と同じラジオパーソナリティの意）をやっていて、そのタイトルコールなのかな？

いまだにそのセリフの「ぶたぶた」の意味がよくわからなくて、ずっと謎なのですよね。


いつものように、お世話になった方々、ありがとうございます。

手塚《てづか》リサさんのイラスト、今回はたまに現れるぶたぶたの横顔です。ちょっとキリッとした感じで、すてき！　鼻ももくもくしているみたい。ありがとうございました。

それから、書き始める前にいくつかお悩みを寄せていただいた方々も、ありがとうご

ざいました。本当に一部のみ使わせていただきました。あまり答えられなくて、ごめんなさい……。

それでは、次のぶたぶたでお会いしましょう。

光文社文庫

文庫書下ろし

ぶたぶたラジオ

著　者　矢《や》崎《ざき》存《あり》美《み》

2017年12月20日　初版1刷発行

発行者　鈴木広和
印　刷　萩原印刷
製　本　ナショナル製本

発行所　株式会社　光文社
〒112-8011　東京都文京区音羽1-16-6
電話（03）5395-8149　編集部
8116　書籍販売部
8125　業務部

落丁本・乱丁本は業務部にご連絡くだされば、お取替えいたします。
ISBN978-4-334-77569-8　Printed in Japan

組版　萩原印刷

矢崎存美の本

好評発売中

ドクターぶたぶた

心も身体も、名医ぶたぶたにおまかせあれ！

医師やナースの間で「胃がんなら、この人」と信頼される、消化器系内視鏡手術のエキスパートがいる。その名は山崎ぶたぶた。大きな病院に呼ばれては手術をする名医だが、その〝見た目〟から、たまに執刀を断られることもあるという。その理由は、いったい――？　病院を舞台に巻き起こる、悲喜こもごもの四つのドラマ。おまけのショートショートもついてます。

光文社文庫